novum pro

AF140689

RONALD **WILD**

Gott
eine
Illusion?

novum pro

Dieses Buch ist auch als
e-book
erhältlich.

w w w . n o v u m v e r l a g . c o m

Bibliografische Information
der Deutschen Nationalbibliothek:

Die Deutsche Nationalbibliothek
verzeichnet diese Publikation in
der Deutschen Nationalbibliografie.
Detaillierte bibliografische Daten
sind im Internet über
http://www.d-nb.de abrufbar.

Alle Rechte der Verbreitung,
auch durch Film, Funk und Fernsehen,
fotomechanische Wiedergabe,
Tonträger, elektronische Datenträger
und auszugsweisen Nachdruck,
sind vorbehalten

Gedruckt in der Europäischen Union
auf umweltfreundlichem, chlor- und
säurefrei gebleichtem Papier.

© 2022 novum Verlag

ISBN 978-3-99131-664-0
Lektorat: Leon Haußmann
Umschlagfoto:
Oleksii Yaremenko | Dreamstime.com
Umschlaggestaltung, Layout & Satz:
novum Verlag

www.novumverlag.com

Climate neutral
Print product
ClimatePartner.com/16547-2201-1002

Ist es möglich, dass die Menschen seit Anbeginn Gottheiten verehrt und angebetet haben, die gar nie existiert haben und nur auf Wunschdenken basierten, weil es einfach höhere Mächte geben muss für alle unerklärlichen Phänomene und damit das Leben Sinn macht.

Da man auf allen Kontinenten und in allen Kulturen früheste Zeugnisse findet, dass Menschen an Gottheiten glaubten und ihnen zu Ehren Kultstätten bauten, müssen diese Götter einen realen Hintergrund haben und tief in der menschlichen Seele verankert sein.

Wenn ich nun behaupte, dass Gott sowie die Götter des Altertums nur menschlichem Wunschdenken entsprachen, dann sind alle Kultstätten auf Illusionen gebaut worden. Aber es kann doch nicht sein, dass die Kultstätten der frühen Menschen sowie die Tempel, Kirchen, Synagogen und Moscheen, die heute noch zu Ehren von Gott von den Gläubigen besucht werden, nur auf einem Wunschdenken basieren. Wenn es sich bewahrheiten sollte, dass Gott nur eine Illusion ist, dann haben die Menschen seit Anbeginn enorme Leistungen vergebens investiert in den Bau dieser Kultstätten.

Seit der Homo sapiens diesen Planeten bevölkert, hat er zu allen Zeiten Gottheiten verehrt und angebetet. Für die Steinzeit-Menschen waren Naturphänomene wie Blitz und Donner sowie Erdbeben und Vulkanausbrüche eine ständige Bedrohung ihrer Existenz. Zudem konnten sie diese Naturereignisse nicht wie wir heute einordnen in den natürlichen Ablauf von physikalischen Bedingungen. Sie vermuteten, dass hinter diesen bedrohlichen Ereignissen höhere Mächte stehen müssen. Daher bauten sie zu Ehren dieser Götter Kultstätten, wo sie nebst Fürbitten auch Opfergaben darboten. Sie hofften, mit diesen Gesten die Götter besänftigen zu können und sie gnädig zu stimmen, damit Unheil abgewendet werden kann. Auch konnten sie nicht verstehen, dass mit dem Tod alles Aus sein soll, weshalb schon früh ein Jenseitsglaube entstand, was Grabbeigaben belegen.

Gottheiten wurden seit Urzeiten in allen Kulturen und auf allen Kontinenten unabhängig von Hautfarbe und Abstammung verehrt und angebetet. Obwohl in der Neuzeit Naturphänomene kein Anlass mehr sind für die Begründung einer höheren Macht, so steht nun vor allem der Jenseitsglaube im Vordergrund. Die Götter der Steinzeitmenschen sowie der Hochkulturen des Altertums, also der Ägypter, Griechen und Römer, wurden ersetzt durch den einen wahren Gott, verkündet durch die Propheten, bezeugt durch viele angeblich persönliche Begegnungen von auserwählten Menschen, wie zum Beispiel Moses, mit dem Antlitz Gottes im Dornbusch. Die Israeliten brachten den neuen Glauben nach Jerusalem und dort begründete vor gut 2000 Jahren Jesus von Nazareth eine neue Glaubensbewegung, die noch heute neben dem Islam zur grössten Weltreligion gehört. Auch dem Begründer des Islam wurden angeblich von Allah durch den Erzengel Gabriel persönliche Botschaften überbracht, die als Grundlage dieser Religion dienten.

Wenn ich die Frage – Gott eine Illusion – stelle, so komme ich mir ein wenig wie ein Nestbeschmutzer vor, da in unserer aufgeklärten westlichen Welt die Glaubensfrage und demnach die Religion absolute Privatsache ist und daher unantastbar ist und nicht zur Diskussion steht. Sogar der amerikanische Präsident würde es nie wagen, den Islam, also den Glauben der Terroristen, für ihre Motivation zu Attentaten verantwortlich zu machen. Die religiöse Einstellung kann also nicht der Grund sein, sondern die sogenannten Hassprediger, die perspektivlose junge Menschen für Terroranschläge gewinnen können. Alle betonen immer, dass Religion frei von Hass und Rassismus sei und daher kann die religiöse Einstellung nicht verantwortlich gemacht werden für den Extremismus und Fundamentalismus von gewissen Kreisen. Jedoch beanspruchen viele Religionen, die *ultimative Wahrheit* zu verkünden, weshalb Un- und Andersgläubige ausgegrenzt werden und zum Teil bekämpft – ja sogar mit dem Tod bedroht werden. Darum muss man sich nicht wundern, wenn es immer wieder Spannungen zwischen den einzelnen Konfessionen gibt.

Ein allweiser, gütiger Gott würde Frieden stiften unter den Menschen und es nicht zulassen, dass in seinem Namen sogenannt heilige Kriege (auch Kreuzzüge) geführt oder Terroranschläge verübt werden. Gott, Allah oder auch die Götter des Altertums entspringen menschlichen Wunschvorstellungen. Die Menschen versuchen mit dem Glauben an einen Gott ihrem Leben einen Sinn zu geben. Der Sinn des Lebens aber besteht darin, das irdische Leben nach bestem Wissen und Gewissen zu gestalten zum eigenen und der anderen Wohle und in Respekt gegenüber der grossartigen Natur, die durch ein glückliches Zusammenspiel im Universum und mit der günstigen Platzierung unseres Planeten zur Sonne ermöglicht wurde. Natürlich schreiben immer noch viele Menschen diese speziellen Konditionen einem Schöpfer zu.

In der heutigen aufgeklärten Zeit haben die Götter des Altertums ihre Bedeutung verloren, aber dennoch glaubt die Mehrheit der Menschen an Gottheiten, da sonst für sie das Leben sinnlos erscheint, denn es kann doch nicht sein, dass das Leben mit dem Tod einfach endet und es kein Danach gibt, das uns eine übersinnliche Macht ermöglichen soll, glaubt man den Versprechungen der Religionen und Heilslehren.

Gott ist tot!
Mit dieser Aussage wollte Nietzsche klar machen, dass es keine übergeordnete, ewige Instanz gibt. Der Mensch ist auf sich selbst zurückgeworfen.

Nietzsches Aussage soll bewusst provozieren. Wenn Gott tot ist, muss er ja einmal existiert haben. Meiner Auffassung nach hat er aber gar nie existiert, auf alle Fälle nicht in der Form, wie Gott oder Allah von den Menschen verehrt und angebetet wird, also nicht der Gott der Bibel oder des Korans. Gott ist also nicht tot, sondern eine Illusion, zu der sich viele Menschen hinwenden im Glauben, dass er hilft, das Leben zu meistern. Natürlich sind viele Menschen fest überzeugt, dass Gott ihnen in vielen Lebenslagen geholfen hat und ihrem Leben Halt und einen Sinn gegeben hat. Aussagen von Menschen, die den Weg zu Gott gefunden haben und dadurch das Leben besser gemeistert haben, sollen die Existenz von einer höheren Macht bestätigen. Es ist unbestritten, dass sich Menschen in einer Religionsgemeinschaft aufgehoben und getragen fühlen und aus diesem Gefühl heraus schliessen sie, dass dahinter ein Gott stehen muss. Das Gefühl von Akzeptanz und Aufgehoben-sein können wir aber auch in einer anderen Gemeinschaft von Menschen erfahren, z. B. in einem Verein, beim Sport, unter Freunden, in der Familie, am Arbeitsplatz (wenn ein gutes Betriebsklima herrscht), usw.

Und dann gibt es noch die Vielzahl von Menschen, die eine göttliche Berufung fühlen und ihr ganzes Leben in den Dienst von Gott oder Allah stellen, sei es als Priester (Pfarrer), Rabbiner, Imam, Mönch oder Nonne, u. a. Sie fühlen sich berufen, das Wort Gottes zu verkünden und den Glauben zu bewahren und zu verbreiten. Sie fühlen sich legitimiert dazu durch ihre theologische Ausbildung, also ihre profunden Kenntnisse der Heiligen Schriften, und meist einer Weihe, bei der sie sich zur absoluten Treue zu Gott und ihrem Glauben verpflichten. Sie leiten ihr Auserwähltsein, religiöse Riten vornehmen zu dürfen und Gottesdienste zu leiten, aus Aussagen in den Heiligen Schriften ab, wonach Gott durch seinen Gesandten (Jesus Christus) oder seinen Propheten dazu den ausdrücklichen Auftrag gegeben hat. Da ich aber die Existenz eines Gottes bestreite, kann er auch nicht einem Sohn oder einem Propheten je eine Legitimation gegeben haben. Dazu mehr in einem späteren Kapitel, in dem ich auf das Leben und die Mission von Jesus eingehen werde. Auch die Entstehung des Korans werde ich kurz beleuchten.

Gott entspringt dem Wunschdenken der Menschen auf der Sinnsuche oder, wie es Ludwig Feuerbach formulierte: Nicht Gott hat den Menschen nach seinem Ebenbild geschaffen, sondern der Mensch hat ein Wunschbild von einem übernatürlichen Wesen geschaffen, das für alle nicht erklärbaren Phänomene herhalten muss und das alles Leben und besonders dasjenige von uns Menschen lenkt und bestimmt. Dieses Wesen, genannt Gott oder Allah, ist verantwortlich für unser Schicksal und ist wohlwollend gegenüber allen Menschen, die an ihn glauben und ihn anbeten.

Der Gottesbeweis respektive die Tatsachen, die gegen die Existenz eines höheren Wesens sprechen.

Alle gläubigen Menschen leiten die Existenz von Gott aus den Heiligen Schriften ab, die ihrer Auffassung nach unmittelbar aus göttlicher Eingebung heraus niedergeschrieben wurden und daher als absolute Wahrheit zu betrachten sind. Andere Interpretationen werden daher bereits als Gotteslästerung empfunden, da das Wort Gottes keiner Deutung bedarf, es ist unfehlbar.

Die heiligen Schriften, allen voran die Bibel und der Koran, werden als Gottesbeweis herangezogen, da es dort unzählige Stellen gibt, die die Existenz einer höheren Macht eindeutig festhalten würden. Bei allen direkten Kontakten eines Menschen oder Propheten mit Gott war aber immer die jeweilige Person allein, also ohne einen Zeugen, der die Begegnung hätte bestätigen können. Von Mohammed weiss man, dass er die erste Offenbarung durch den Erzengel Gabriel in einer Höhle am Berg Hira in der Nähe von Mekka am 1. Februar 610 erhalten hat. Nur auch er war allein ebenso wie Moses auf dem Berg Sinai, wo er von Gott angeblich die Zehn Gebote erhalten hat. Dazu später mehr.

Ich erlaube mir, diese „heiligen Schriften" als Beweismittel zu verwenden, dass Gott dem Wunschdenken der Menschen auf der Sinnsuche entspringt.

Jedes Kind kennt die Geschichte von Adam und Eva, die von Gott erschaffen wurden und als die Urmenschen gelten, von denen wir alle abstammen. Im 2. Kapitel der Genesis (Schöpfungsgeschichte) steht geschrieben:

— gab es auf der Erde noch keine Feldsträucher und wuchsen noch keine Feldpflanzen; denn Gott, der Herr, hatte es auf die Erde noch nicht regnen lassen und es gab noch keinen Menschen, der den Ackerboden bestellte; aber Feuchtigkeit stieg aus der Erde auf und tränkte die ganze Fläche des Ackerbodens.

Da formte Gott, der Herr, den Menschen aus Erde vom Ackerboden und blies in seine Nase den Lebensatem. So wurde der Mensch zu einem lebendigen Wesen.
Dann legte Gott, der Herr, in Eden, im Osten, einen Garten an und setzte dorthin den Menschen, den er geformt hatte.

Gott, der Herr, nahm also den Menschen und setzte ihn in den Garten von Eden, damit er ihn bebaue und hüte.
Dann gebot Gott, der Herr, dem Menschen: von allen Bäumen des Gartens darfst du essen,
doch vom Baum der Erkenntnis von Gut und Böse darfst du nicht essen; denn sobald du davon isst, wirst du sterben.
Dann sprach Gott, der Herr: Es ist nicht gut, dass der Mensch allein bleibt. Ich will ihm eine Hilfe machen, die ihm entspricht.
Gott, der Herr, formte aus dem Ackerboden alle Tiere des Feldes und alle Vögel des Himmels und führte sie dem Menschen zu, um zu sehen, wie er sie benennen würde. Und wie der Mensch jedes lebendige Wesen benannte, so sollte es heissen.
Der Mensch gab Namen allem Vieh, den Vögeln des Himmels und allen Tieren des Feldes. Aber eine Hilfe, die dem Menschen entsprach, fand er nicht.
Da liess Gott, der Herr, einen tiefen Schlaf auf den Menschen fallen, als er schlief, nahm Gott eine seiner Rippen und verschloss ihre Stelle mit Fleisch.
Gott, der Herr, baute aus der Rippe, die er vom Menschen genommen hatte, eine Frau und führte sie dem Menschen zu.

Und der Mensch sprach: Das endlich ist Bein von meinem Bein/und Fleisch von meinem Fleisch./Frau soll sie heissen,/denn vom Mann ist sie genommen.
Darum verlässt der Mann Vater und Mutter und bindet sich an seine Frau und sie werden ein Fleisch.
Beide, Adam und seine Frau, waren nackt, aber sie schämten sich nicht voreinander.

Bei genauer Betrachtung hat also Gott einst selbst Hand angelegt und den Menschen aus Erde geformt, wie ein Künstler eine Plastik anfertigt und modelliert. Dann hat er ihm noch Tiere beigesellt und damit er Seinesgleichen hat, ihm ein weibliches Wesen wiederum von Hand geschaffen, und zwar aus einer Rippe, die er dem Manne entnommen hat. Dieser Schöpfergott war also ein Handwerker und zudem der Erste, der einen Menschen geklont und dabei noch genetisch verändert hat. Natürlich werden jetzt viele sagen, dass der Text nicht so wörtlich interpretiert werden darf, aber dennoch braucht doch ein überirdisches, göttliches Wesen sich nicht auf die Erde niederzuknien, um ein Wesen nach seinem Ebenbilde (wie weiter in der Genesis zu lesen ist) zu erschaffen, sondern könnte dies mit einer Art Zauberstab tun. Es ist nicht nur eine sehr kindliche Vorstellung der Schöpfung, sondern eine zu sehr dem menschlichen Denken verhaftete und ist daher kaum einer göttlichen Eingebung zu zuordnen. Zudem widerspricht diese Schöpfungsgeschichte derjenigen aus dem 1. Kapitel der Genesis, die wir auch alle kennen, bei der Gott die Welt in 7 Tagen erschaffen haben soll, resp. in 6 Tagen, da er am 7. Tag ausruhte. Hier der Wortlaut der Entstehung der Erde laut der Bibel:

Die Erschaffung der Welt

Im Anfang schuf Gott Himmel und Erde.

Die Erde aber war wüst und wirr, Finsternis lag über der Urflut und Gottes Geist schwebte über dem Wasser.

Gott sprach: Es werde Licht. Und es wurde Licht.

Gott sah, dass das Licht gut war. Gott schied das Licht von der Finsternis und Gott nannte das Licht Tag und die Finsternis nannte er Nacht. Es wurde Abend und es wurde Morgen: erster Tag.

Dann sprach Gott: Ein Gewölbe entstehe mitten im Wasser und scheide Wasser von Wasser.

Gott machte also das Gewölbe und schied das Wasser unterhalb des Gewölbes vom Wasser oberhalb des Gewölbes. So geschah es.

Und Gott nannte das Gewölbe Himmel. Es wurde Abend und es wurde Morgen: zweiter Tag.

Dann sprach Gott: Das Wasser unterhalb des Himmels sammle sich an einem Ort, damit das Trockene sichtbar werde. So geschah es.

Das Trockene nannte Gott Land und das angesammelte Wasser nannte er Meer. Gott sah, dass es gut war.

Dann sprach Gott: Das Land lasse junges Grün wachsen, alle Arten von Pflanzen, die Samen tragen, und von Bäumen, die auf der Erde Früchte bringen mit ihrem Samen darin. So geschah es.

Das Land brachte junges Grün hervor, alle Arten von Pflanzen, die Samen tragen, alle Arten von Bäumen, die Früchte bringen mit ihrem Samen darin. Gott sah, dass es gut war.

Es wurde Abend und es wurde Morgen: dritter Tag.

Dann sprach Gott: Lichter sollen am Himmelsgewölbe sein, um Tag und Nacht zu scheiden. Sie sollen Zeichen sein und zur Bestimmung von Festzeiten, von Tagen und Jahren dienen; sie sollen Lichter am Himmelsgewölbe sein, die über die Erde hin leuchten. So geschah es.

Gott machte die beiden großen Lichter, das größere, das über den Tag herrscht, das kleinere, das über die Nacht herrscht, auch die Sterne.

Gott setzte die Lichter an das Himmelsgewölbe, damit sie über die Erde hin leuchten, über Tag und Nacht herrschen und das Licht von der Finsternis scheiden. Gott sah, dass es gut war.

Es wurde Abend und es wurde Morgen: vierter Tag.

Dann sprach Gott: Das Wasser wimmle von lebendigen Wesen und Vögel sollen über dem Land am Himmelsgewölbe dahinfliegen.

Gott schuf alle Arten von grossen Seetieren und anderen Lebewesen, von denen das Wasser wimmelt, und alle Arten von gefiederten Vögeln. Gott sah, dass es gut war.

Gott segnete sie und sprach: Seid fruchtbar und vermehrt euch und bevölkert das Wasser im Meer und die Vögel sollen sich auf dem Land vermehren.

Es wurde Abend und es wurde Morgen: fünfter Tag.

Dann sprach Gott: Das Land bringe alle Arten von lebendigen Wesen hervor, von Vieh, von Kriechtieren und von Tieren des Feldes. So geschah es.

Gott machte alle Arten von Tieren des Feldes, alle Arten von Vieh und alle Arten von Kriechtieren auf dem Erdboden. Gott sah, dass es gut war.

Dann sprach Gott: Lasst uns Menschen machen als unser Abbild, uns ähnlich. Sie sollen herrschen über die Fische des Meeres, über die Vögel des Himmels, über das Vieh, über die ganze Erde und über alle Kriechtiere auf dem Land.

Gott schuf also den Menschen als sein Abbild; als Abbild Gottes schuf er ihn. Als Mann und Frau schuf er sie.

Gott segnete sie und sprach zu ihnen: Seid fruchtbar und vermehrt euch, bevölkert die Erde, unterwerft sie euch und herrscht über die Fische des Meeres, über die Vögel des Himmels und über alle Tiere, die sich auf dem Land regen.

Dann sprach Gott: Hiermit übergebe ich euch alle Pflanzen auf der ganzen Erde, die Samen tragen, und alle Bäume mit samenhaltigen Früchten. Euch sollen sie zur Nahrung dienen.

Allen Tieren des Feldes, allen Vögeln des Himmels und allem, was sich auf der Erde regt, was Lebensatem in sich hat, gebe ich alle grünen Pflanzen zur Nahrung. So geschah es.

Gott sah alles an, was er gemacht hatte: Es war sehr gut. Es wurde Abend und es wurde Morgen: der sechste Tag.

Also wurden vollendet der Himmel und die Erde mit ihrem ganzen Heer. Und Gott ruhte am siebten Tage von all seinen Werken, die er gemacht hatte. Und Gott segnete den siebten Tag und heiligte ihn, denn an ihm hat Gott geruht von all seinem Werke, das er geschaffen und vollbracht hat.

Dies ist die Entstehung des Himmels und der Erde, als sie geschaffen wurde.

Wenn man die einzelnen Schöpfungsakte nicht in Tage, sondern in Zeitabschnitte von Millionen Jahre aufteilt, so stimmt die Entstehung der Erde und unseres Sonnensystems so grob mit den einzelnen Phasen laut den heutigen Erkenntnissen überein. Dass Gott wie ein Künstler (Bildhauer oder Maler) sein Werk immer wieder gesamthaft betrachten muss, um zu sehen, ob es gut ist, macht den Anschein, als sei dieser Schöpfergott sich nicht von vornherein sicher gewesen, was er da tut. Er betrachtete sein Werk am Ende jeden Tages und klopfte sich praktisch jedes Mal nach einem gelungenen Akt auf die Schulter, was allzu sehr einem menschlichen Vorgehen entspricht und nicht der allweisen Vorgehensweise eines Gottes. Und dann war dieser Gott nach dem Schöpfungsakt anscheinend sehr erschöpft und brauchte einen Ruhetag (zum Glück gab es noch keine Gewerkschaft, denn sonst wäre ein Ruhetag zu wenig gewesen, resp. Gott hätte die 40-Stunden-Woche einhalten müssen !!!)

Beim Vergleich der beiden ersten Kapitel der Genesis sind die Widersprüche in der Beschreibung der Schöpfung besonders der Entstehung des Menschen nicht zu übersehen. Anscheinend hat dies zu keiner Zeit die gläubigen Menschen gestört. Wie erwähnt waren Zweifel an der heiligen Schrift nicht angebracht, ja wurden nicht mal toleriert. Zu gewissen Zeiten landeten Kritiker und Abtrünnige sogar auf dem Scheiterhaufen, sie wurden wegen ihrer ketzerischer Äusserungen bei lebendigem Leibe verbrannt. Zum Glück für mich ist es heutzutage und in der westlichen aufgeklärten Welt nicht mehr so. Nur noch in muslimischen Ländern müsste ich als Ungläubiger und Kritiker am Islam mit harten Massnahmen, ja sogar mit der Todesstrafe durch Steinigung, rechnen. Da kann man klar sehen, wie religiöser Wahn zu Intoleranz gegenüber Andersdenkenden führen kann, was sicher nicht im Sinne eines Gottes sein kann.

Also schon bei den ersten Kapiteln der Bibel kann der geneigte Leser Widersprüche ausmachen, die doch sehr zweifeln lassen, dass es sich dabei wirklich um die heilige Schrift und damit um das unfehlbare Wort Gottes handelt. Es ist lediglich der Versuch, dem Menschen die Legitimität als höchstem Wesen auf diesem Planeten zu attestieren, weil dies ja Gott selbst so gewollt und den Menschen speziell und eigenhändig geschaffen haben soll. Dass der Mensch nichts anderes sein soll als das Produkt der Evolution, wird mit der Privilegierung durch die Aussagen in der Bibel klar verneint. Ja, es wird dem Menschen von Gott höchst persönlich eine Sonderstellung eingeräumt und zudem ist er ja nach dem Abbild Gottes gemacht. Da verwundert es nicht, wenn die Menschen zu allen Zeiten Gott immer als Übervater mit weissem Bart sich vorgestellt und gemalt haben.

Wenn man die ersten Kapitel der Genesis im Alten Testament weiter aufmerksam liest, so sind die Widersprüche und die menschliche Sicht auf die Ereignisse und Dinge so offensichtlich, dass es jeden vernünftigen und aufgeklärten Menschen der Neuzeit eigentlich erstaunen muss, dass es noch Leute gibt, die diese Aussagen als religiöse Wahrheit anerkennen. Nehmen wir als weiteres Beispiel die Verführung von Eva durch die Schlange, die ihr sagte, dass sie die Früchte des verbotenen Baumes ohne Konsequenzen essen könne. Eva animiert auch Adam, von den Früchten zu essen, denn sie würden nicht sterben, wie Gott ihnen gedroht hatte. Die einzige Folge auf die Erkenntnis, die sie durch das Essen der Früchte erhielten, war, dass sie gut und böse von nun an unterschieden. Sie schämten sich nun ihrer Nacktheit und als der Herr (Gott) sie suchte, da versteckten sie sich hinter einem Baum, weil sie unbekleidet waren. Als Gott sie bemerkte und fragte, wieso sie sich vor ihm versteckten, da sagten Adam und Eva, dass sie sich ihrer Nacktheit schämten. Gott schloss aus diesem Verhalten, dass sie vom Baum der Erkenntnis gegessen haben mussten. Gott verfluchte daraufhin die Schlange und verjagte Adam und Eva aus dem Garten Eden. Jedoch zuvor machte Gott noch eigenhändig Kleider aus Fellen für seine ersten Menschen und gab sie ihnen mit für ihr Dasein ausserhalb des Paradieses. Ausserhalb vom Garten Eden mussten die ersten Menschen hart arbeiten für die Nahrungsbeschaffung und den sonstigen Lebensunterhalt. Eva gebar zuerst den Sohn Kain und später einen weiteren Sohn namens Abel. Kain wurde Ackerbauer und Abel züchtete Schafe. Beide Brüder brachten ihrem Gott Opfer von ihren Erträgen, aber während der Herr kaum auf die Gaben der Feldfrüchte von Kain achtete, empfing er das Opfer von Jungtieren aus der Herde von Abel mit Wohlwollen. Kain war darob erbost und erschlug seinen Bruder Abel, da er es nicht ertrug, dass dieser beliebter war vor dem Herrn. Gott wollte Abel sehen und nachdem er ihn nirgends finden konnte, fragte er Kain nach seinem Bruder. Der antwortete, dass er nicht der Aufpasser seines Bruders sei.

Ein allweiser Gott sollte doch den Überblick über seine Schöpfung haben und muss nicht erst Fragen stellen, um sich ein Bild über die Situation zu machen. Dann ist er auch inkonsequent und bestraft die ersten Menschen, die vom verbotenen Baum gegessen haben, nicht mit dem Tod, wie zuerst prophezeit, sondern verjagt sie lediglich aus dem Garten Eden. Auch Kain bestraft er nicht für den Brudermord, sondern er kennzeichnet Kain sogar, damit er nicht von anderen Menschen wegen seiner Tat gelyncht würde. Ja, aber wo kommen denn nun auf einmal weitere Menschen her, laut der Schöpfungsgeschichte waren ja Adam und Eva mit ihren Söhnen Kain und Abel die ersten Menschen auf unserem Planeten. Und nun sind da einfach noch andere Menschen aus dem Nichts gekommen. Sicher soll man die ganze Geschichte nicht so wörtlich nehmen, jedoch sind die Widersprüche und kindlichen Vorstellungen einer Gottheit geradezu grotesk, dass wohl einige Zweifel an den Aussagen der Bibel erlaubt sein dürfen. Zudem sollte doch die Bibel für die Menschen ein Leitfaden für ihr ethisches und religiöses Verhalten sein. Wenn ich aber darin lese, dass sich die Töchter von Lot mangels eines geeigneten Mannes, mit dem sie Nachwuchs haben könnten, ihren eigenen Vater betrunken machen und dann mit ihm den Beischlaf vollziehen, dann wird ja anscheinend Inzest von Gott toleriert. Die Nachkommen aus dieser sexuellen Vereinigung werden Begründer von weiteren biblischen Stämmen. Dann gibt es viele weitere Geschichten im „Buch der Bücher", wie die Bibel oft genannt wird, die von Hinterlist, Argwohn und Lügen erzählen, was aber anscheinend den Herrn (Gott) nicht hindert, diese Menschen zu segnen und weil sie Nachfahren von Abraham sind, ihnen verheisst, dass ihre Nachkommen zahlreich sein und die Erde bevölkern werden. Ich frage mich, warum sich Theologen an solchen Aussagen in der Bibel nicht stören und trotzdem in ihr religiöses und ethisches Verständnis integrieren können.

Weitere kritische Betrachtungen zum Thema folgen in späteren Kapiteln. Wenn Sie als Lesende keine Bibel zu Hause haben, können Sie im Internet verschiedene Bibelübersetzungen nachlesen und sich selbst von den unsinnigen Aussagen und widersprüchlichen Geschichten darin überzeugen. Noch eine kleine Anmerkung zum „biblischen" Alter der ersten Menschen, die im AT im Buch Genesis aufgeführt sind. Die Angaben sind in Jahren gemacht und einzelne von diesen Menschen haben anscheinend ein hohes Alter von bis über 900 Jahren erreicht. Die Menschen damals kannten noch keinen Kalender und auch noch nicht die Einteilung in Jahre. Sie basierten die Zeitrechnung auf den Mondphasen, also von Vollmond zu Vollmond, was 29,5 Tagen entspricht. Wenn wir die 900 (Jahre) Zeiteinheiten als Mondphasen betrachten, so kommt man schlussendlich auf ein vernünftiges Alter der damaligen Menschen (900 x 29,5 geteilt durch 365 = 72,7 Jahre). Dies war damals ein sehr hohes Alter, denn die durchschnittliche Lebenserwartung lag unter 40 Jahren.

Praktisch unbestritten ist heutzutage die wissenschaftliche Erkenntnis, dass der Mensch das höchst entwickelte Lebewesen (punkto Intelligenz und Bewusstsein) auf dem Planet Erde und darum ein Produkt der natürlichen Evolution ist. Eine kleine Gruppe von Leuten, speziell in den USA, lehnt diese Theorie vehement ab und akzeptiert nur die Version der Bibel, wonach Gott den Menschen persönlich nach seinem Abbild geschaffen hat, und zwar 4004 Jahre v. Chr. Die Menschheit wäre laut der Interpretation der sogenannten Kreationisten nur gerade mal gut 6 000 Jahre alt, was schon durch Funde nicht nur von Gräbern sondern auch von Bauten, Malereien und Inschriften, die von Menschen vor über 10 000 Jahren angefertigt wurden, widerlegt ist. Auch Knochenfunde der ersten Hominiden, die älter als 100 000 Jahre sind, ja bis zu einer Million Jahre zurückgehen, bestätigen die Theorie der Evolution. Darum ist es unverständlich, dass noch heute im 21. Jahrhundert Menschen biblische Geschichten als unumstössliche Wahrheiten annehmen, wobei die Wissenschaft und Archäologie längst eindeutige Beweise geliefert haben, dass besonders die Entstehung der Menschheit im krassen Widerspruch zur Schöpfungsgeschichte der Bibel steht.

Nun hat sich der zurückgetretene Papst Benedikt XVI. auch zu diesem Thema geäussert und kritisiert die Wissenschafter, die die Einmaligkeit des Menschen durch die Evolutionstheorie zunichte machen wollen. Mit seinen vielen Schattenseiten, mehr als jede Tierart, ist der Mensch nicht wirklich ein auserwähltes Wesen. Und wenn man sieht, zu welch abgrundtiefen Taten der Mensch fähig ist, so darf wohl die Frage erlaubt sein, ob ein solches Wesen wirklich nach dem Ebenbild von Gott geschaffen wurde. Eine höhere übersinnliche Instanz wie Gott sie sein soll, verkörpert mit Bestimmtheit nur das Gute. Man könnte sie auch als einen Geist bezeichnen, mit nichts als positiver Energie. Wenn der Mensch das Abbild eines solchen Gottes ist, dann wäre er ja ohne Fehl und Tadel und das Böse hätte keinen Platz im Leben dieses einmaligen Menschen. Aber so viele negative Eigenschaften, wie sie der Mensch hat, wie etwa Bosheit, Gemeinheit, Neid, Gier,

Hinterlist, Betrug, Lüge, etc., gibt es im ganzen Tierreich nicht. Wenn Tiere sich bekämpfen, tun sie dies, um zu überleben, also etwa, um das Territorium oder den Nachwuchs zu verteidigen oder um einen Rivalen zu vertreiben. Im Gegensatz dazu bekriegen sich Menschen für eigene Vorteile und, im bösartigsten Falle, um andere zu demütigen. Dass ein guter Geist ein Wesen erschaffen haben soll, dass sich anmasst, andere zu töten, rein aus Eigennutz und Machtanspruch, ist doch wohl mehr als fraglich. In einem nächsten Kapitel der Genesis lesen wir, dass Gott tatsächlich reuig geworden ist, dass er ein so bösartiges und hinterlistiges Wesen wie den Menschen geschaffen hat und er hat deshalb beschlossen, durch die Sintflut alle Menschen zu vernichten ausser Noah, dem einzig redlichen Menschen. Die Geschichte von der Arche, die Noah auf Geheiss von Gott baute und damit er und die Seinen mit auserwählten Tieren die Sintflut überleben können, kennt wohl jedes Kind. Nur frage ich mich, wieso die Nachkommen von Noah, die nun eigentlich alles Gutmenschen sein sollten, im Laufe der Geschichte wieder zu bösartigen Wesen geworden sind. Da scheint im Plan von Gott wiederum etwas schief gelaufen zu sein. Einem Gott, dem anscheinend die Fäden seiner Schöpfung längst entglitten sind und der in neuerer Zeit keine Macht mehr hat, dem soll ich mein Leben anvertrauen? Eher scheinen mir die Sagen und Märchen aus 1000 und einer Nacht oder der Gebrüder Grimm plausibel zu sein als die Aussagen in der Bibel, auch wenn dies für gläubige Menschen sehr zynisch klingen mag.

Bewusstsein

Wenn die Menschen also das Produkt der natürlichen Evolution sind und damit das bisher letzte Glied der Entwicklung, die ihren Ursprung in der Urzelle hat, so müssen wir auch akzeptieren, dass da kein Gott im Übergang vom Tier zum Mensch die Hand im Spiel hatte. Dass am Anfang des Universums (Urknall) vermutlich ein Schöpfergeist oder ein unerklärliches Phänomen gestanden haben muss, wird auch ein eingefleischter Atheist nicht unbedingt verleugnen. Nur eben, wie bereits erwähnt, ist der Gott der Bibel und des Korans eine Illusion des menschlichen Wunschdenkens. Aber warum haben praktisch alle Menschen auf allen Kontinenten, aller Rassen und Hautfarbe das starke Bedürfnis, ihr Leben einer höheren, übergeordneten Macht (Gott) anzuvertrauen in der Hoffnung, dass ihre Seele den irdischen Tod überleben werde.

Bis vor nicht allzu langer Zeit haben wir den Unterschied zwischen Mensch und Tier darin gesehen, dass Tiere kein eigentliches Schmerzempfinden verspüren und vor allem keine Gefühle haben. Aus diesem Grunde massten wir uns an, Tiere gnadenlos abzuschlachten und unter unzumutbaren Bedingungen (Käfigen) zu halten. Neueste Erkenntnisse belegen nun aber, dass die Kreatur Tier, mit Bestimmtheit aber alle Säugetiere und vielleicht sogar Fische, Schmerz empfinden können und viele sogar Gefühle zeigen können, denken wir nur an unsere Haustiere, allen voran Hund und Katze, die ihre Emotionen sehr eindeutig ausdrücken können.

Was uns jedoch im Wesentlichen unterscheidet von allen Tieren ist unser Bewusstsein und dass wir vernetzt denken und nicht nur instinktive Entscheide treffen können.

Das Leben der Tiere ist gesteuert durch ihre Gene und ihren Instinkt. Sie leben im Hier und Jetzt, ohne sich Gedanken zu machen über die Zukunft. Von Generation zu Generation leben sie nach dem gleichen Lebenszyklus, der sich nur bei veränderten Umweltbedingungen langsam anpasst. Natürlich gibt es Tiere, die Nahrungsreserven anlegen für Perioden, in denen die Natur nichts hervorbringt (Winter), aber dies machen sie instinktmässig und nicht etwa, weil sie die Zukunft planen könnten wie wir Menschen. Das Leben der Tiere wird bestimmt von ihren ureigenen Bedürfnissen. Diese beschränken sich im Wesentlichen auf die Nahrungssuche und Nahrungsaufnahme, Ruhepausen,

Fortpflanzung, Aufzucht von Nachwuchs und zum Teil auch auf die Verteidigung eines Reviers, eines Unterschlupfs oder eines Nestes. Ob sie sich ihrer Sterblichkeit bewusst sind, ist fraglich, jedoch möglich. Sicher merken auch Tiere, dass ihre Kräfte im Alter nachlassen. Tiere kennen sicher Angst und Furcht, denn sonst würden sie nicht fliehen, sobald Gefahr lauert. Sie wollen so lange wie möglich überleben, auch wenn sie von anderen Tieren gejagt werden. Wenn aber ein Tier aus einer Herde oder einem Familienverband von einem Raubtier getötet wird, so kann man über diesen Verlust bei den überlebenden Tieren keine Emotionen feststellen. Dies wird uns immer wieder in Tierfilmen gezeigt. Das beliebteste Motiv ist die Jagd von Löwen auf Gazellen, Antilopen oder Zebras, die immer in Herden zusammenleben und weiden. Alle Tiere der Herde rennen um ihr Leben, aber dennoch gelingt es den Löwen meist, ein Tier zu erlegen. Dann wird einem gezeigt, wie die Löwen das Tier verzehren und unweit davon die Tiere der gejagten Herde äsen, wie wenn nichts geschehen wäre. Es scheint nicht nur so, sondern es ist ziemlich sicher, dass die Tiere sich nicht wie wir Menschen über die Dimension des Geschehens bewusst sind. Ihr Gehirn hat nicht die Fähigkeit, darüber zu reflektieren.

Im Laufe der Evolution hat das menschliche Gehirn nicht nur die Fähigkeit entwickelt, Überlebensstrategien und die dazu notwendigen Werkzeuge zu konzipieren, sondern das Gehirn hat angefangen, Zusammenhänge zu erkennen. Zudem konnten die Menschen nicht nur mit Lauten wie die Tiere mit Artgenossen kommunizieren, sondern sie entwickelten eine Sprache, mit der sie alle ihre Gefühle und Bedürfnisse artikulieren konnten. Der Mensch hat dadurch ein Ich-Bewusstsein erhalten und ist sich damit auch seiner Existenz bewusst geworden. Mit der Zeit hat er auch angefangen, sich Gedanken zu machen über den Sinn des Lebens. Dies geschah spätestens dann, als die Menschen begannen, die Toten zu beerdigen. Zuvor liessen sie, wie alle Tiere, die Toten einfach liegen. Die Natur hat ja für dies seit eh und je vorgesorgt, indem aasfressende Tiere für die Beseitigung der Kadaver sorgen.

Die Hirnleistung und das damit verbundene Bewusstsein auch bei Tieren, die wir als intelligent und lernfähig bezeichnen, kann höchstens mit dem eines Kleinkindes von weniger als dreijährig verglichen werden. Obwohl ein Kleinkind schon lernfähig ist und sich meist schon sprachlich ausdrücken kann, hat es noch kein eigentliches Bewusstsein. Dass ein Kleinkind und vor allem ein Säugling noch kein Bewusstsein, allenfalls höchstens ein Unterbewusstsein, hat, weiss jeder Mensch aus eigener Erfahrung, da es niemand gibt, der sich an die Geburt und die ersten Lebensjahre erinnern kann. Wir haben deshalb diese erste Lebensphase nicht bewusst wahrgenommen. Erst ab ungefähr dem dritten Lebensjahr entwickelt sich im Hirn des Menschen das Bewusstsein. Dass ein Tier trotz Lernfähigkeit kein Bewusstsein wie der Mensch entwickelt, kann gut an folgendem Vergleich gezeigt werden: Die meisten Hunde können wohl als sehr lernfähig und einigermassen intelligent bezeichnet werden, jedoch ein Bewusstsein haben sie aus folgendem Grunde nicht, wie hier aufgezeigt werden kann. Schon in der Hundeschule lernt der Hundeführer, dass er den Hund sofort für ein schlechtes Verhalten tadeln und für ein gutes Verhalten loben soll. Dies muss unmittelbar nach dem Ereignis erfolgen. Wenn ich meinen Hund nur schon einige Zeit, sagen wir gut 10 Minuten, nach einem Vorfall tadle, so wird er mich entgeistert und verständnislos anblicken, da er nicht versteht, weshalb ich ihm böse bin, da er sich nicht bewusst ist, dass er etwas falsch gemacht hat. Die Begebenheit ist für den Hund schon nicht mehr in Erinnerung und nachvollziehbar. Demgegenüber kann ich einem, sagen wir fünfjährigen, Kind einige Stunden nach einem Vorfall erklären, dass ich den Fehler nicht tolerieren kann. Es wird dies verstehen, da es sich nicht nur an die Begebenheit erinnern kann, sondern sich auch der Umstände bewusst ist.

Dank seines allen Tieren überlegenen Intellekts hat der Mensch die Vorherrschaft über die Erde übernommen und sich angemasst, sich über alles Leben zu stellen. Der überlegene Intellekt des Menschen mit der Fähigkeit, vernetzt zu denken, sich sprachlich auszudrücken, kreativ zu gestalten und zu reflektieren über „Gott und die Welt" hat uns ein Bewusstsein geschaffen, das uns aber nun zum Verhängnis wird. Weil wir uns, im Gegensatz zu den Tieren, dank unserem Intellekt unserer Existenz bewusst geworden sind, leben wir nicht mehr einfach nach dem Instinkt, sondern wir machen uns Gedanken über den Sinn des Lebens und damit auch, ob mit dem Tod alles vorbei sein soll.

Weil der Mensch sich seiner Existenz bewusst geworden ist, konnte er den Tod nicht einfach nur mehr als simplen Akt im Kreislauf von Werden und Vergehen hinnehmen. Dass sein Bewusstsein mit dem Tod einfach ausgelöscht sein soll, ist und war seit jeher für den Mensch schwer verständlich. Es kann doch nicht sein, dass mit dem Tod alles aus ist. Und was eben nicht sein kann und darf, für das erfand der Mensch ein Jenseits und Götter, die ihm dorthin den Weg bereiten sollen. Und weil für die Reise ins Jenseits der Körper des Menschen intakt bleiben soll, also nicht von Aasgeiern aufgefressen werden sollte, haben die Angehörigen schon vor vielen Jahrtausenden angefangen, die Toten zu begraben und haben ihnen auch Nahrung und Gegenstände sowie auch Schmuck für die letzte Reise ins Grab mitgegeben. Die ältesten Gräber mit Beigaben konnten Wissenschaftler auf bis zu 100000 Jahre vor unserer Zeitrechnung datieren.

Das Reflektieren über uns, über die Zusammenhänge in der Natur und über unsere Existenz ist uns, wie erwähnt, zum Verhängnis geworden, da wir uns unserer Endlichkeit bewusst geworden sind. Dadurch hat der Mensch Angst bekommen vor dem Tod und um diese Angst in eine Perspektive zu wandeln, hat er die vielfältigsten Szenarien für eine Existenz seines Geistes nach dem Tod entwickelt. Von Seelenwanderung (zu einem neugeborenen Menschen oder einem Tier, z. B. den heiligen Kühen in Indien), Reinkarnation, Nirwana, Hades sowie Himmel und Hölle hat der Mensch die verschiedensten Szenarien eines „Lebens nach dem Tod" entwickelt. So viele Varianten für diesen Zustand nach dem Tod, so viele verschiedene Glaubensrichtungen und Religionen gibt es. Deshalb haben wir nicht eine allgemein gültige Religion auf dieser Erde, sondern eine Vielfalt von Heilslehren, die den Menschen im Hinblick auf das Leben danach Versprechungen machen.

Der überlegene Intellekt hat also dem Menschen gegenüber dem Tier nicht nur Vorteile gebracht, sondern ihn in ein Dilemma gestürzt, da er angefangen hat, über den Sinn des Lebens nachzudenken. Dass nach den täglichen Mühen und einigen wenigen Freuden der Tod einfach das Ende sein soll, konnten die Menschen, seit sie dieses Bewusstsein erlangt haben, nicht begreifen und einfach so hinnehmen. Das kann es doch nicht gewesen sein, sonst macht die ganze Sache doch keinen Sinn, müssen die Menschen sich schon früh gefragt haben. Und so musste es einfach noch etwas geben nach diesem Leben. Und auch noch heute ist es für sicher die grosse Mehrheit der Menschen tröstlich, wenn sie mit der Verheissung sterben können, dass es vermutlich doch noch etwas danach gibt und nicht einfach alles aus ist. Nur leider ist es bis heute noch keinem Menschen und auch keinem Wissenschaftler gelungen, den Beweis für „das Leben nach dem Tod" zu erbringen, obwohl Nahtod-Erfahrungen den Beweis für den Übergang ins Jenseits beweisen sollen.

Also obwohl es bis heute nicht gelungen ist, einen Beweis für eine unsterbliche Seele zu finden, klammern sich die meisten Menschen an die Hoffnung auf irgendeine Form von Existenz nach dem Tode. Der Gedanke an ein Nichts nach dem Leben ist für praktisch alle Menschen unerträglich. Neben der Suche nach Trost in der Verheissung einer Religion verdrängen die meisten Menschen den Gedanken an den Tod und stürzen sich in verschiedene Aktivitäten auch noch im hohen Alter. Ein ehemaliger Arzt mit einer langen Berufserfahrung, der viele Menschen sterben gesehen hat, hat mir gesagt, dass keiner von diesen Erdenbürgern, welchen Alters auch immer, ohne Angst aus dem Leben geschieden ist. Der Grund ist sicher der, dass auch gläubige Menschen nicht sicher sind, ob die Verheissungen wirklich stimmen, oder man könnte auch sagen: „Alle wollen in den Himmel, aber niemand will sterben." Auch alle Schilderungen von Menschen mit Nahtod-Erfahrungen helfen nicht weiter, da nach heutiger Erkenntnis ein Mensch erst klinisch tot ist, wenn alle Hirnfunktionen weg sind. Früher war ein Patient bei einem vorübergehenden Herzstillstand bereits klinisch tot. Wenn aber das Hirn nicht mehr funktioniert, so kann ein Patient auch keine Erinnerungen mehr haben von der Zeit seines Herzstillstands. Bei einem Menschen, der nach einem Herzstillstand über das Erlebte berichten kann, muss das Gehirn noch so viel Sauerstoff gehabt haben, damit die wichtigsten Funktionen erhalten geblieben sind. Die von den meisten Nahtod-Patienten beschriebenen Glücksgefühle und das helle Licht werden von Experten damit begründet, dass das Hirn vermutlich im Angesicht des Todes Glückshormone ausschüttet, um den Übergang für den Menschen angenehmer zu machen. Man kann dies sehr gut sehen bei Menschen, die noch bis zum letzten Atemzug sehr grosse Schmerzen hatten und ein dadurch schmerzverzerrtes Gesicht. Nach dem Tod ist der Gesichtsausdruck friedlich und entspannt.

Fazit

Der Mensch hat die Früchte des Baumes der Erkenntnis, wie es in der Bibel steht, gegessen und hat sich damit selbst aus dem Paradies manövriert. Zuvor hat er, wie alle Tiere, ohne Bewusstsein gelebt und sich keine existenziellen Gedanken gemacht. Solange die Tiere ihre täglichen Bedürfnisse, ihre Triebe und die artspezifischen Instinkte befriedigen können, sind sie eigentlich sorglos glücklich und zufrieden und damit herrschen aus ihrer Sicht vollkommene oder eben paradiesische Verhältnisse. Durch die zunehmenden existenziellen Erkenntnisse des Hominiden ist dem Menschen die ganze Tragweite seines Seins bewusst geworden. Der Intellekt hat ihm viele Vorteile gebracht und ihn zu einem Wesen gemacht, das Zusammenhänge erkennen, entsprechend einordnen und für seine Zwecke nutzen kann. Er kann aus seinen Erkenntnissen Entscheide für sein Leben treffen und sein Leben, im Gegensatz zum Instinkt des Tieres, nach seinem freien Willen gestalten. Wie erwähnt, bedeutet dies für den Menschen Segen und Fluch zugleich, denn dadurch wird Geburt, Leben und Tod nicht mehr nur als zum natürlichen Lebenszyklus der Natur gehörend wahrgenommen, sondern der Mensch analysiert diese Phasen mit seinem Bewusstsein ganz genau. Er nimmt alles sehr differenziert wahr und verbindet, je nach Weltanschauung, z.B. die Geburt als ein überaus freudiges Ereignis, das Leben als beschwerlich mit einigen Hochs und Tiefs und den Tod als etwas Unbegreifliches und Trauriges.

Die Erkenntnis, dass mit dem Tod das Leben ein jähes Ende findet und damit alle persönlichen Erfahrungen, Erinnerungen und Gefühle ausgelöscht sein sollen, ist für praktisch alle Menschen unverständlich. Um dem Tod den Schrecken des Nichts zu nehmen, haben die Menschen vor vielen Jahrtausenden schon einen Jenseitsglauben entwickelt. Gräber, die über 100 000 Jahre alt sind, belegen durch die Grabbeigaben diesen Glauben. Bei allen Völkern und Kulturen rund um den Globus findet man Belege für diesen Glauben, verbunden mit vergleichbaren religiösen Riten. Im asiatischen Raum allerdings hat sich eher der Glaube an die Seelenwanderung und Reinkarnation durchgesetzt (Hinduismus und Buddhismus). Also seitdem sich der Mensch seiner Existenz bewusst geworden ist und er sich Gedanken machen kann über den Tod und seine Folgen, hat er versucht, diesem den Schrecken zu nehmen, indem eine unsterbliche Seele ins Spiel gebracht wurde.

Bis heute hat sich der Glaube an eine unsterbliche Seele in allen Kulturen und allen Religionen erhalten und wird uns als Hoffnungsträger vermittelt. Ohne diese Hoffnung, dass etwas von uns weiterexistieren wird, würden wohl die meisten Menschen verzweifeln und den Lebensmut verlieren, da für sie ein Leben, das einfach mit dem Tod unwiederbringlich endet, sinnlos erscheint.

Die Beschaffenheit der Seele

Wenn die Menschen wirklich eine Seele haben, die nach dem Tod in ein Jenseits übergeht, dann müsste sie die folgenden Eigenschaften aufweisen, damit sie überhaupt unsere Identität mitnehmen kann.

1. Die Seele müsste im Jenseits eindeutig der verstorbenen Person zugeordnet werden können.
2. Sie müsste die wichtigsten Lebensdaten, also eine Art Lebenslauf, gespeichert haben, damit auch die gerechte Selektion im Jenseits (in Himmelreich, Fegefeuer oder Hölle) vorgenommen werden kann. Diese Datenspeicherung wäre vergleichbar mit einem digitalen Speicherchip.
3. Die Seele müsste eine Wahrnehmung haben, damit sie weiss, wo und in welchem Zustand sie sich befindet, denn die 5 Sinne, die der Mensch hat, sind mit dem Tod erloschen.

Dass ein Geistwesen mit erwähnten Eigenschaften den menschlichen Körper nach dem Tod verlässt, ist wohl eher unwahrscheinlich und daher reine Glaubenssache.

Die Hoffnung auf ein Danach stirbt zuletzt

Auch in der heutigen aufgeklärten Zeit, wo viele Menschen mit den herkömmlichen Religionen und vor allem den patriarchal geführten Kirchen nichts mehr zu tun haben wollen, hoffen doch die meisten auf ein „Leben nach dem Tod". Um dem Leben und dem Tod einen Sinn zu geben, kann man folgende Tendenzen beim heutigen Menschen feststellen:

- Der Grossteil der Menschen gehört nach wie vor einer Religionsgemeinschaft an, auch wenn der Glaube nicht mehr immer und überall praktiziert wird. Wie erwähnt verlieren zwar die traditionellen Kirchen an Mitglieder, jedoch haben Freikirchen und Sekten immer mehr Zulauf. Alle diese Menschen leben nach dem Motto: die Hoffnung stirbt zuletzt!

- Unter den religiös orientierten Menschen gibt es Gruppen, die ihr ganzes Leben auf das „Danach" ausrichten. Sie stellen ihr Leben in den Dienst der Religion (Nonnen und Mönche, Priester und Strenggläubige (wie z.B. Mormonen). Dann gibt es auch noch die religiösen Fundamentalisten, die ihre Ansichten sogar mit Waffengewalt verteidigen und verbreiten.

- Die meisten Menschen, die sich von allen Religionen abgewandt haben, suchen aber dennoch einen spirituellen Weg, um ihrem Leben einen Sinn zu geben. Daher blüht seit einiger Zeit die Esoterik, die für alle Suchenden passende Lösungen anbietet.

- Menschen, die an Nichts glauben und den Tod als das fatale Ende akzeptieren, gibt es wenige, denn der Gedanke, dass mit dem Tod einfach alles aus sein soll, ist praktisch unerträglich.

Jedes Tier hat genauso Angst vor dem Tod wie wir Menschen, sonst würde es nicht davonrennen, wenn es gejagt wird oder sich sonst wie bedroht fühlt. Die Menschen jedoch wollen und können keinesfalls akzeptieren, dass der Tod endgültig ist und hoffen mit spirituellen Riten und dem Glauben an eine Heilslehre, dem Tod ein Schnippchen schlagen zu können. Das ist der Preis, den wir bezahlen für unseren gegenüber den Tieren erweiterten Intellekt, der den Menschen erlaubt, vernetzt zu denken und Folgerungen zu ziehen und Strategien zu erarbeiten, wir haben ein Bewusstsein entwickelt. Auch sehen wir uns als Wesen, durch das göttliche und kosmische Energien fliessen. Und weil wir uns als solche Wesen wahrnehmen, so muss es den oder die Götter doch einfach geben. Punkt!!!

Womit wir uns teilweise unsterblich machen können, ist, wie Kant sagte, die Erinnerung, die wir durch unser Leben bei den Mitmenschen hinterlassen, und natürlich durch die Weitergabe des Lebens. Gewisse grosse Menschen der Gesellschaft, der Politik, der Künste oder der Schrift sind praktisch über Jahrhunderte, ja sogar Jahrtausende unsterblich in der Geschichte und ihren Werken geworden.

Und die Bibel hat doch recht???

Unter diesem Titel (ohne Fragezeichen) erschien einst ein Buch, in dem der Autor anhand von Bibeltexten und historischen Begebenheiten beweisen wollte, dass die Geschichten in der Bibel nicht erfunden seien, sondern einen realen Ursprung haben.

Die sogenannt „heiligen Schriften", wie die Bibel, der Koran oder die Tora enthalten Texte, die die Existenz von Gott beweisen sollen. Aber ist dies wirklich so? Ich werde dem geneigten Leser hier anhand einfacher Beispiele genau das Gegenteil beweisen.

Nehmen wir die Bibel und vorerst das Alte Testament. Es ist im Grunde nichts anderes als eine Ansammlung von mehr oder weniger netten Geschichten von Menschen, die der Schilderung nach entweder direkt oder indirekt Kontakt zu Gott gehabt haben und von IHM Weissagungen oder direkte Hilfe erhalten haben. Die einen sind dadurch zu Propheten geworden und die anderen zu Zeugen, dass es diesen einen Gott Jahwe wirklich gibt. Alles nur Illusionen bekräftige ich mit den folgenden Argumenten. Die Ungereimtheiten in der Schöpfungsgeschichte habe ich ja bereits erörtert. Nun zu weiteren Geschichten, die den meisten jüdisch und christlich erzogenen Menschen bekannt sind. Hier die Fakten zu gewissen markanten Ereignissen und Aussagen in den Bibeltexten.

Sicher kennen die meisten Menschen die Geschichte von Moses, der das „auserwählte Volk" aus Ägypten ins „Gelobte Land" führte.

Mose wurde von seiner Mutter auf dem Nil ausgesetzt, weil sie um sein Leben fürchtete, da der Pharao alle hebräischen Knäblein töten liess. Die Tochter des Pharao fand das Knäblein und adoptierte es.

Obwohl Mose als erwachsener Mann einen ägyptischen Aufseher, der einen Sklaven schlug, tötete, berief ihn anscheinend Gott persönlich dazu, die Israeliten aus Ägypten zu führen. Der

Gott, der ihn aus einem brennenden Dornbusch ansprach, gab sich zu erkennen, indem er sagte, er sei der Gott Abrahams, der Gott Isaaks und Jakobs. Er ist also nur der Gott dieser Urväter und deren Nachkommen.

Warum ist dieser Gott nicht der Gott der gesamten Menschheit, sondern nur einer auserwählten Gruppe von Menschen? Schon diese Einschränkung sollte stutzig machen.

Gott sagt in der Zwiesprache mit Mose, dass er herabgestiegen sei, weil er das Leid des Volkes der Israeliten unter den Ägyptern gesehen habe und deshalb beschlossen hat, ihnen zu helfen. Er beauftrage Mose, das Volk der Israeliten aus Ägypten zu führen.

Wo war dieser Gott während des Holocausts in Deutschland? Warum ist er da nicht herabgestiegen und hat seinem auserwählten Volk geholfen? Etwa indem er einen mutigen Mann wiederum wie Moses zu seinem Werkzeug gemacht hätte. Ist dieser Gott in der Zwischenzeit etwa gestorben? Eine provokative Frage, die aber durchaus seine Berechtigung hat angesichts der Dimension des Holocaust. Das würde zudem die Aussage von Nietzsche bestätigen: Gott ist tot!

Gott verspricht Mose, dass er ihm mit Wundern helfen werde, den Pharao in die Knie zu zwingen, damit er die Israeliten ziehen lasse. Zudem gibt er ihm noch den Rat, die Ägypter zu plündern. Es mag wohl erscheinen, dass die Israeliten für die schlechte Behandlung durch die Ägypter als Ausgleich dazu durchaus ein Anrecht hätten. Aber Plünderung trifft ja auch Menschen, die dafür keine Verantwortung haben und daher begreife wer wolle, weshalb ein Gott zu einer solchen Tat rät. Gott kann sicher nicht wollen, dass Unrecht mit Unrecht vergolten wird.

Moses äussert gegenüber Gott, dass ihm die Israeliten nicht glauben werden, dass er den Auftrag von Gott persönlich erhalten habe. Da zeigt ihm Gott ein paar „Zaubertricks", mit denen er das Volk überzeugen könne, dass Gott mit ihm sei. Er schickt

Mose zum Pharao, um die Freiheit für die Israeliten zu verlangen. Gott sagt, dass er dem Pharao sein Herz verhärten werde, damit er das Volk nicht ziehen lasse.

Berechtigte Frage: weshalb will Gott zuerst seinem auserwählten Volk helfen und dann macht er selbst die Sache schwierig, indem er Einfluss nimmt auf den Pharao, damit dieser sich querstellt (er verhärtet das Herz des Pharao)? Warum legt sich Gott selbst Steine in den Weg für sein Vorhaben? Damit er sie durch seine Hilfe durch die erwählten Personen wieder aus dem Weg räumen lassen kann. Damit beweist er seine göttliche Grösse und Weisheit, würden mir alle gläubigen Menschen antworten. Aber warum all dieses „Theater", um die Grösse von Gott erkennen zu können.

Dann schickt Gott, der Herr, laut der Bibel viele Plagen über Ägypten, um den Pharao zu erweichen, damit er die Israeliten ziehen lasse. Trotz der vielen verschiedenen Plagen (von verseuchtem Nilwasser bis zu Hungersnöten, verursacht durch Hagel und Heuschrecken) lässt der Pharao die Israeliten nicht ziehen. Seine Berater versuchen ihn zwar angesichts des Leidens der Bevölkerung umzustimmen, er aber bleibt hart, wie es der Herr (Gott) vorausgesagt hat. Und immer wieder spricht der Herr zu Mose und seinem Bruder Aaron und kündigt neue Plagen für die Ägypter an und verspricht, dass die Israeliten davon verschont bleiben werden. Als alles nichts nützt und der Pharao nur ein Teil der Israeliten ziehen lassen will, greift Gott der Herr zu einer letzten grossen Massnahme, die den Pharao endgültig in die Knie zwingen soll. Er kündigt an, dass er alle erstgeborenen Knaben und auch alle männlichen Jungtiere in Ägypten von einem Todesengel töten lassen werde. Damit die Israeliten von der Tötungsaktion verschont bleiben, sollen sie Lämmer schlachten und das Blut an die Türpfosten streichen. Die Häuser, die so gekennzeichnet sind, wird der Engel verschonen. An dieses Ereignis erinnern sich die Juden noch heute mit dem Pessach-Fest.

Als der Pharao und die ganze ägyptische Bevölkerung die toten Erstgeborenen beweint und wehklagt, benützen die Israeliten die Gelegenheit, um wegzuziehen. Als der Pharao davon erfährt, schickt er Hunderte von Kampfwagen mit je drei Mann hinter den flüchtenden Sklaven her, um ihrer wieder habhaft zu werden. Da lässt anscheinend Gott ein weiteres Wunder geschehen und verhilft seinem auserwählten Volk, die Ägypter abzuschütteln, indem er das Meer teilt, damit die Israeliten durchmarschieren können. Nachher lässt Gott die Fluten zurückkehren, wodurch die ägyptischen Streitkräfte samt ihren Wagen im Meer versinken und vernichtet werden.

Mit dem Begriff Gott definieren wohl die meisten Menschen eine überirdische Allmacht, die alle positiven Energien auf sich vereinigt. Also nur Gutes tun kann und nur Gutes für die Welt und das ganze Universum im Sinn hat.

Warum schickt dann ein gütiger und allweiser Gott, nur um sein angeblich auserwähltes Volk aus der Sklaverei zu befreien, Plagen über die Bevölkerung eines Landes, die auf den Entscheid ihres Herrschers keinerlei Einfluss hat. Der Pharao bleibt hart in diesem Machtkampf des Gottes der israelitischen Sklaven und seinem Volk, da es ihn nicht direkt betrifft, sondern lediglich seine Untertanen. Ob ein paar Tausend von seinen Untertanen wegen Hungersnöten oder anderen Plagen sterben, lässt den Herrscher mehr oder weniger ungerührt, wie es zu allen Zeiten bei Königen, Kaisern und Despoten der Fall war, da es nur das gewöhnliche Volk betraf und nicht die Adeligen, die meist vorgesorgt haben für Notzeiten. Warum lässt ein gerechter Gott die Bevölkerung leiden und rächt sich nicht am Herrscher und dessen Familie selbst. Ist etwa dieser Gott nicht mächtig genug, um an den Pforten des Palastes des Pharao zu rütteln, um sich direkt mit ihm anzulegen. Dass ein Gott auch noch erstgeborenes Leben vernichtet, kann doch nicht der Wille eines Schöpfers allen Lebens und der Natur sein. All die Plagen und die Vernichtung von Leben, falls nicht eingelenkt wird, kann nur menschlichen Vorstellungen und Logiken entspringen und sicher nicht der Logik eines über allem erhabenen Gott. Die Methoden erinnern zu sehr an menschliche Erpressungsversuche.

Und ich stell halt wiederum die Frage: wieso hat nur damals Gott eingegriffen und seinem auserwählten Volk geholfen und mit seinem Anführer (Mose) direkt gesprochen und schweigt heute zu allen Ungerechtigkeiten in der Welt? Wo ist dieser starke Gott, der den grossen Pharao in die Knie zwingen konnte? Wieso zwingt er heute nicht despotische Herrscher in die Knie, wie aktuell den russischen Aggressor Putin?

Die Arche Noah

Die Geschichte von Noah, der Dank der direkten Aufforderung von Gott mit seiner Arche und mit je einem Paar Tiere der Sintflut entgangen ist, ist wohl auch jedem Kind bekannt, wie ich schon in einem früheren Kapitel erwähnt habe.

Und hier der Text aus der Bibel, der begründet, weshalb Gott die Sintflut über die Erde schickte:

Als aber der HERR sah, dass der Menschen Bosheit gross war auf Erden und alles Dichten und Trachten ihres Herzens nur böse war immerdar, da **reute** es ihn, dass er die Menschen gemacht hatte auf Erden, und es bekümmerte ihn in seinem Herzen, und er sprach: Ich will die Menschen, die ich geschaffen habe, vertilgen von der Erde, vom Menschen an bis hin zum Vieh und bis zum Gewürm und bis zu den Vögeln unter dem Himmel; denn es reut mich, dass ich sie gemacht habe. Aber Noah fand Gnade vor dem HERRN.

Also schon wieder ein Beispiel dafür, dass der Gott der Bibel seine eigene Schöpfung hinterfragt und korrigieren will. Ja, er bereut, dass er ein Wesen kreiert hat, dass eben nicht in allen Belangen sein Ebenbild ist und will es daher wieder vernichten. Also wenn eine übergeordnete Allmacht nicht von Anbeginn weiss, was die Konsequenzen seines Schöpfungsaktes sind, so haftet diesem Tun zu sehr menschliches Denken an und eben nicht göttliche Weitsicht. Dieser Gott kommt daher wie ein Mensch, der am Experimentieren ist und wenn der Versuch misslingt, einfach das gescheiterte Ding vernichtet und ein neues Experiment startet. Was aber verwerflich ist, ist der Umstand, dass es sich dabei nicht um Sachen oder chemische Substanzen geht, sondern um Lebewesen, mit denen dieser Gott experimentiert, also vergleichbar mit Tierversuchen in Labors.

Die Zehn Gebote und der Tanz ums goldene Kalb

Wenn auch nicht alle Menschen auf diesem Planeten die 10 Gebote auswendig kennen, so haben doch die meisten davon gehört und kennen wenigstens das eine oder andere Gebot.

Die Zehn Gebote wurden Mose der Legende in der Bibel nach auf dem Berg Sinai von Gott dem Herrn persönlich übergeben, und zwar in Stein gemeisselt. Als Mose vom Berg herunter kam nach seiner Zwiesprache mit Gott, sah er mit Entsetzen, wie sein Volk um ein Kalb, gegossen aus Gold, tanzte. Mose war darob so erzürnt, dass er in seiner Wut die ihm übergebenen Steintafeln mit den Geboten auf den Boden schmiss, wobei diese zerbrachen. Er musste deshalb erneut auf den Berg steigen, um sich von Gott nochmals Tafeln mit den Geboten zu erbitten. Mit diesen stieg er herab und brachte die Gebote seinem Volk mit der Botschaft, dass sie direkt von Gott stammen. Damit konnte er sie überzeugen, von da an ein gottesfürchtiges Leben unter Beachtung der Zehn Gebote zu führen.

Warum hat Gott die Zehn Gebote erst jetzt den Menschen kundgetan und nicht schon früher oder sogar bereits Adam und Eva mitgegeben. Sie waren ja als intelligente Wesen nach dem Abbild Gottes geschaffen worden und nach dem Ausschluss aus dem Paradies hätte Gott ihnen die Verhaltensregeln für das Zusammenleben bereits mitgeben müssen.

Wenn man die Zusammenhänge näher betrachtet, ist das Inkraft-
treten der Zehn Gebote zur Zeit des Exodus der Israeliten aus
Ägypten eigentlich logisch. Was versinnbildlicht der Tanz ums
goldene Kalb? Es ist der Ausdruck eines ausschweifenden hedo-
nistischen Lebens mit Orgien und allen sonstigen Auswüchsen
eines unsittlichen und unmoralischen Lebens. Und warum hat
das auserwählte Volk nach dem Auszug aus Ägypten den Halt
verloren und über die Schnur gehauen? Die Israeliten waren im
Reich der Pharaonen Sklaven, die durch die Aufseher gezüchtigt
wurden und deren Leben streng eingeteilt und fremdbestimmt
war. Nun waren sie plötzlich frei und wussten mit dieser Freiheit
nicht umzugehen. Da es keine Regeln und keine Tagesstruktu-
ren durch die tägliche Arbeit mehr gab, wurden sie übermütig
und missachteten jegliche Anstandsregeln. Moses sah dies sicher
mit Sorge und hat die Menschen vermutlich mehrmals zur Ver-
nunft aufgerufen, jedoch ohne Erfolg, da die Menschen sich die
neuen Freiheiten sicher nicht so einfach wieder nehmen liessen.
Moses wusste, dass es dringend griffige Gesetze brauchte, um
den Pöbel wieder unter Kontrolle zu bringen, aber wenn er diese
einfach so verkündet hätte, so hätte ihn das Volk vermutlich nur
verhöhnt und weiter gefeiert und herumgehurt und eben ihren
Tanz ums goldene Kalb fortgesetzt.

So stieg er auf den Berg, um mit Gott Zwiesprache zu halten
(früher gingen die Menschen davon aus, auf einem Berg Gott
näher zu sein) und erhoffte sich von ihm einen Rat, wie er die
Leute wieder unter Kontrolle bringen könnte. Da kam ihm die
Idee, einfache Regeln zu formulieren und in Stein zu meisseln
und seinem Volk zu überbringen mit der Botschaft, dass diese
Gebote ihm von Gott direkt übergeben wurden. Das machte natürlich bei den Menschen mehr Eindruck, denn sie waren trotz
ihrem ausschweifenden Leben gottesfürchtig geblieben.

Wenn man die Geschichte des Exodus und alle anderen in der
Bibel genauer betrachtet, so stehen sie für den verzweifelten
Versuch, die Existenz eines Gottes, der direkt Einfluss auf un-
ser irdisches Leben nimmt, zu beweisen. Dass die Menschen

in früherer Zeit diese Geschichten als sehr glaubhaft und als von Gott direkt vermittelt aufnahmen, ist sicher verständlich, aber dass noch heute in der aufgeklärten Zeit dies immer noch der Fall ist, ist doch sehr erstaunlich. Aber es scheint, dass der Grossteil der Menschheit einfach an einen Gott glauben will, was immer für Fakten auch dagegen sprechen, da sie damit ihrem Leben entweder einen Sinn geben oder die Angst vor dem Tod dadurch erträglicher machen wollen in der Hoffnung auf ein Weiterleben danach wie bereits in einem früheren Kapitel erwähnt.

Wenn man die Bibel aufmerksam und kritisch liest und sich die Umstände vergegenwärtigt, unter denen die Geschichten entstanden sind, so sind nicht nur die Ungereimtheiten offensichtlich, sondern auch die Verbindung zu einem Gott, der ins Schicksal der Menschen eingreift, entpuppt sich mehr und mehr als fragwürdig. Der entscheidende Punkt ist auch, warum lässt Gott sich immer wieder Zeit, um die Menschen auf den anscheinend richtigen Weg zu führen und ihnen klar zumachen, wer der einzig wahre Gott sei. Warum liess er rund um den Globus während Jahrtausenden Götter verschiedener Prägungen und in verschiedenen z. T. sehr hochstehenden Kulturen wirken, ohne einzugreifen. Wieso kam es ihm (einem überirdischen, allweisen und allmächtigen Geist) erst nach und nach in den Sinn, dass er den Menschen endlich klar machen sollte, was Sache ist? Warum hat er nicht schon Adam und Eva die einzig wahre Botschaft mitgegeben und sie angewiesen, nur an den einen wahren Gott zu glauben und ihn anzubeten? Ein Gott, dem es erst nach und nach in den Sinn kommt, dass es an der Zeit sei, sich gegenüber den Göttern und anderem Irrglauben durchzusetzen, orientiert sich eher an menschlicher Logik als an göttlicher Weisheit und Weitsicht.

Auf die anderen Bücher, Geschichten und Kapitel des sogenannt „Alten Testaments" einzugehen, würde zu langatmig und würde keine neuen Erkenntnisse ergeben. Jedermann und -frau ist es natürlich freigestellt, die weiteren Geschichten in der Bibel kritisch zu lesen, um sich selbst ein Bild der Existenz eines Gottes zu machen. Hier darauf einzugehen, würde nur Seiten füllen und nichts zum Verständnis beitragen. Aber nun gibt es ja noch einen zweiten Teil der Bibel, das sogenannte „Neue Testament", in dem das Leben und Wirken von Jesus Christus beschrieben wird und auch das seiner Jünger und Apostel.

Jesus Christus, Sohn Gottes???

Ist Jesus wirklich der Sohn Gottes oder nur ein erfolgreicher Wanderprediger? Dies ist eine berechtigte Frage, oder etwa nicht? Jesus hat ja zur Untermauerung seiner Legitimation als Sohn Gottes so viele Wunder gewirkt und ist sogar von den Toten auferstanden, dass sich alle Zweifel erübrigen – oder doch nicht?

Wenn Gott, laut der Schöpfungsgeschichte, Mann und Frau eigenhändig nach seinem Ebenbilde geschaffen hat, so sehe ich uns alle als Geschöpfe Gottes, also sind wir alle Söhne und Töchter von Gott und nicht nur der Eine, Jesus Christus, der sich nämlich selbst nie Sohn Gottes nannte, sondern sich als Menschensohn bezeichnete. Allerdings hat er gesagt, dass er einst im Himmel zur Rechten seines Vaters sitzen wird, weshalb die gläubigen Christen daraus ableiten, dass er tatsächlich der quasi leibhafte Sohn Gottes sein müsse.

Dass ein Kind vor zweitausend Jahren in einem Stall geboren wurde, ist nichts Aussergewöhnliches, da die meisten Menschen zur Zeit von Jesu Geburt in einem Raum mit ihren Tieren lebten. Dass Gott das Kind eines Zimmermanns aus einem kleinen Ort namens Nazareth (man schätzt, dass dort damals nur einige Dutzend bis maximal 100 Menschen gelebt haben) zu seinem Sohn auserwählt haben soll, ist eine rührige Geschichte. Es soll zeigen, dass Gott einen speziellen Menschen nicht aus der Oberschicht auswählt, sondern sich eher den Unterprivilegierten annimmt.

Zur Zeit von Jesus hat es viele Wanderprediger gegeben, die den einfachen Menschen auf dem Lande das Wort Gottes oder eine eigene Form davon näherbringen wollten. Sie zogen herum und waren angewiesen auf Almosen und die Gastfreundschaft von gläubigen Menschen.

Über die Kindheit von Jesus ist praktisch nichts bekannt. Nach der Rückkehr aus Ägypten, wohin die Familie geflüchtet war, da Herodes alle männlichen Säuglinge in und rund um Bethlehem töten liess (er hatte erfahren, dass dort der Messias geboren sei), liessen sich Josef und Maria mit der Familie in Nazareth nieder. Erst als zwölfjähriger Knabe wird er im Lukas-Evangelium erwähnt, als er nach dem Pessachfest, zu dem seine Familie wie immer nach Jerusalem gekommen war, im Tempel zurückblieb, während seine Familie sich bereits wieder auf den Heimweg machte. Josef und Maria kehrten nach Jerusalem zurück und fanden Jesus im Tempel inmitten von Gelehrten, mit denen er diskutierte und die verwundert waren über sein Verständnis in Glaubensfragen.

Jesus taucht in den Evangelien erst als junger Mann wieder auf, als er in Galiläa mit dem Missionieren und Predigen beginnt und sich von Johannes dem Täufer taufen lässt. Dass er junge Männer berufen hat, ihm zu folgen (am Schluss waren es 12), ist hinlänglich bekannt. Jesus hat meist in Gleichnissen zu seinen Jüngern und den Menschen gesprochen. Berühmt sind seine Berg-Predigt sowie das Hauptgebet der Christenheit, das „Vaterunser". Den Aussagen in den Evangelien nach hat er viele Wunder bewirkt, die seine göttliche Herkunft untermauern sollen. Jesus soll kranke und gelähmte Menschen auf wundersame Weise geheilt haben, ja sogar einen Toten wieder zum Leben erweckt haben. Zudem soll er noch Wasser in Wein verwandelt und ein paar Fische und einige Stück Brot so vermehrt haben, dass es für 5 000 Menschen, die ihm zur Predigt gefolgt waren, als Nahrung reichte. Dass sich 5 000 Leute zu seiner Predigt versammelt haben sollen, ist zur damaligen Zeit sehr fraglich, weil gar nicht so viele Menschen im Gebiet lebten, wo Jesus unterwegs war. Da die Evangelien erst 50 bis 100 Jahre nach der Auferstehung von Jesus und seiner Himmelfahrt niedergeschrieben wurden, haben sich vermutlich Fehler bei der mündlichen Überlieferung der Daten eingeschlichen. Plausibler für die Zahl der Leute, die zu seinen Predigten erschienen sind, ist die Zahl von 5 Dutzend oder maximal 500. Für 5 Dutzend Menschen innert kurzer Zeit, d.h. während er am Predigen war, Nahrung aus der Umgebung zu beschaffen, war sicher keine Leistung, die man als Wunder bezeichnen könnte. Verwunderlich war wahrscheinlich nur, wie seine Jünger die Lebensmittel ohne Bezahlung beschaffen konnten, weil weder Jesus noch seine Jünger Geld hatten, da sie ja lediglich von Almosen lebten. Wie er es angeblich fertig brachte, Wasser in Wein zu verwandeln, müsste man mal bei einem Zauberer und Illusionisten wie David Copperfield nachfragen. Die Fähigkeit, Kranke zu heilen, haben auch heute gewisse Menschen, sogenannte Geistheiler, die durch Handauflegen oder sonstige Manipulationen und Riten Kranke auf wundersame Weise fast sofort gesund machen können. Da ist noch die Auferweckung eines Toten. Weil es keinen ärztlichen Befund gibt, ob die Person wirklich tot war oder etwa nur in einem tiefen Koma, so ist es im einen Fall wirklich ein Wunder, im anderen Fall lediglich die Beseitigung der Ohnmacht durch irgendwelche Manipulationen, z.B. Massage, Einflössung einer Flüssigkeit oder mit Riechsalz, etc.

Da wir in den Evangelien nichts erfahren über die Tätigkeit von Jesus zwischen dem 12. und ca. 30. Lebensjahr, gibt es darüber nur Spekulationen. Es kann sein, dass er seinem Vater in der Werkstatt und auf Bauten als Zimmermann half und dann eines Tages beschloss (vielleicht nach dem Tod des Vaters Josef), das elterliche Haus zu verlassen und als Wanderprediger sein Glück zu versuchen. Es kann aber auch sein, dass er als Jüngling mit einer der Karawanen, die dort vorbeizogen, als Helfer mitgegangen ist. Vielleicht hat es so den Jüngling Jesus bis nach Indien verschlagen oder aber nach Ägypten und Griechenland. In diesen Ländern ist er in Berührung mit anderen spirituellen Riten und religiösen Ansichten gekommen. Was er später gelehrt hat, scheint stark von der buddhistischen Spiritualität und Ethik beeinflusst zu sein. Auch die Fähigkeit zur Geistheilung und andere wundersam wirkende Handlungen von Jesus scheinen auf den buddhistischen Lehren zu beruhen. Es könnte also sein, dass er sich diese Fähigkeiten während eines längeren Aufenthaltes in einem buddhistischen Kloster angeeignet hat. Denn dass ein einfacher Zimmermann-Sohn mit wenig oder keiner Schulbildung so weise neue Ansichten in seinen Predigten und Gleichnissen verbreitet, scheint doch sehr wundersam. Es könnte natürlich auch sein, dass er während einiger Zeit in einem Tempel gedient hat oder mit einem älteren Wanderprediger als dessen Jünger mitgezogen ist und sich dabei die Kenntnisse angeeignet hat. Eventuell ist er auf seinen Wanderungen auch mit der griechischen Philosophie in Berührung gekommen und hat den dort gelehrten Humanismus in seine eigene Lehre einfliessen lassen. Wie dem auch sei, Jesus hat sich in diesen Lehr- und Wanderjahren selbst weitergebildet, speziell in religiöser und spiritueller Hinsicht, denn sonst hätte er nicht so überzeugend seine neue Lehre vertreten und verbreiten können.

Wenn der Wanderprediger Jesus wirklich all das gepredigt und gelehrt hat, was in den Evangelien steht, so kann ich aus humanitärer Sicht das Meiste nur unterstützen. Es hat aber auch ein paar Handlungen und Aussagen, die ich von einem Manne Gottes nicht erwarten würde. So zum Beispiel, wenn er einem Jünger befiehlt, ihm sofort zu folgen und ihm keine Zeit lässt, seinen Vater zu beerdigen (Matth. 8.21). Oder als er sich weigert, seine Angehörigen zu empfangen (Markus 3.31ff). Das erinnert zu sehr an Praktiken von Sekten-Gurus der Neuzeit, die ihre Anhänger auch fast vollkommen von ihren Familien und Freunden entfremden, um sie gefügig zu machen.

Die Auferstehung Jesus von den Toten

Wenn ich, wie auch einige andere Bibelforscher, an der göttlichen Herkunft von Jesus berechtigte Zweifel anbringe, so muss ja auch die Auferstehung von Jesus ein Märchen respektive eine Erfindung der Evangelisten sein.

In den Evangelien wird uns glaubhaft gemacht, dass Jesus, der liebenswerte Wanderprediger, völlig zu Unrecht das Opfer des Volkszorns geworden ist. Hauptsächlich die Hohepriester hätten ihn diffamiert und verlangt, dass Pilatus ihn verurteilt, da er das Volk aufgewiegelt hätte und ihm einen Irrglauben predigt. Laut den Evangelien ist Jesus auf einem Esel unter Jubel in Jerusalem eingezogen und wenige Tage später verhaftet worden, nachdem er von Judas verraten wurde.

Aber warum wurde er wirklich verhaftet und zum Tode durch die Kreuzigung verurteilt?

Da die Ereignisse nur in den Evangelien beschrieben sind, es aber keine anderen historischen Überlieferungen oder Aufzeichnungen gibt, müssen die Geschehnisse rekonstruiert werden aus den damaligen Begebenheiten und Gepflogenheiten. Die Römer waren im Umgang mit ihren Untertanen und den Gefangenen sicher nicht immer zimperlich, jedoch galt im ganzen Reich das römische Recht und Gesetz. Es war also kaum möglich, dass ein Mensch nur wegen seiner religiösen Ansicht oder wegen dem Volkszorn verhaftet oder gar gekreuzigt wurde. *Gekreuzigt wurden damals übrigens nur Staatsfeinde, Desserteure oder Terroristen,* meist aber nicht gewöhnliche Verbrecher. Die Kreuzigung war die grausamste Art, einen Menschen in den Tod zu schicken, denn bis dieser eintrat dauerte es oft viele Stunden bis zu einem Tag und mehr. Die Kreuzigung sollte Nachahmer abschrecken, denn alle konnten öffentlich sehen, was mit einem geschieht, falls man sich gegen den römischen Staat erhebt. Was war also wirklich die Ursache, dass Jesus in die Mühlen der Justiz geriet?

Jesus ist mit seinen Jüngern wie viele Tausende von Pilgern zum Pessachfest nach Jerusalem gegangen. Jerusalem war das Zentrum des Judentums, da dort die grösste Tempelanlage war und es daher für die Gläubigen fast ein Muss war, dorthin zu pilgern, wie etwa die Katholiken nach Rom zum Petersdom oder die Muslime nach Mekka pilgern. In Jerusalem waren damals zur Zeit des Pessachfest mindestens nochmals so viele Pilger in der Stadt wie Bürger dort wohnten. Es kann durchaus sein, dass Jesus mit seinen Jüngern beim Einzug in Jerusalem von einigen Leuten bejubelt wurden, da Jesus der Ruf vorausging, dass er der **Messias** sei. Unter diesem Begriff verstand man damals Befreier und Erlöser, und zwar von der Fremdherrschaft. Zum Erlöser von Schuld und Sünde wurde Jesus erst nach seinem Tod am Kreuz verherrlicht. Die Menschen damals hatten ganz konkrete Vorstellungen und Bedürfnisse, die ausgerichtet waren auf tägliche Sorgen und die Demütigung, unter einer Fremdherrschaft leben zu müssen. Daher hofften sie inbrünstig auf einen Befreier von diesem Joch und als dieser Haufen von starken jungen Männern in Jerusalem eintraf, hegten sie berechtigte Hoffnungen, dass diese ihnen im Befreiungskampf helfen könnten. Hier ein Text aus dem Lukas-Evangelium, der beweist, dass die Jünger nicht unbewaffnet waren:

Die Stunde der Entscheidung (LK 22, 35–38)
Dann sagte Jesus zu ihnen: Als ich euch ohne Geldbeutel aussandte, ohne Vorratstasche und ohne Schuhe, habt ihr da etwa Not gelitten? Sie antworteten: Nein.

Da sagte er: Jetzt aber soll der, der einen Geldbeutel hat, ihn mitnehmen und ebenso die Tasche. Wer aber kein Geld hat, soll seinen Mantel verkaufen und sich dafür ein Schwert kaufen.

Ich sage euch: An mir muss sich das Schriftwort erfüllen: Er wurde zu den Verbrechern gerechnet. Denn alles, was über mich gesagt ist, geht in Erfüllung.

Da sagten sie: Herr, hier sind zwei Schwerter. Er erwiderte: Genug davon!

Dieser Text wird meist in der Lesung über die Gefangennahme und Verurteilung von Jesus unterschlagen, damit nicht der Eindruck einer bewaffneten Schar von jungen Männern entsteht, die da in Jerusalem einmarschierten. Laut allen übrigen Texten waren die Jünger und selbstverständlich Jesus friedliche und friedliebende junge Glaubensleute. Aber wie bereits erwähnt, haben die Römer niemanden grundlos verhaftet und schon gar nicht ohne schwerwiegende Gründe gekreuzigt. Auch den Römern kam natürlich zu Ohren, dass ein Messias, also ein Befreier, in der Stadt war. Da zur Zeit des Pessachfest die römischen Truppen in der Stadt zum Schutz der Bürger und der Pilger verstärkt wurden, wimmelte es an allen Ecken von Soldaten. Allfällige Terroristen mussten vorsichtig sein. Als die Römer hörten, dass der Messias in der Stadt sei, haben sie sicher nach ihm gefahndet und womöglich ein Kopfgeld ausgesetzt, was den Verrat durch Judas erklären würde.

Nun spielten ja laut den Evangelien auch die Hohepriester eine Rolle bei der Verurteilung von Jesus. Waren sie auf Jesus sauer, weil er eine neue Lehre verbreitete oder gab es einen anderen Grund? Es gab einen ganz konkreten Grund dafür, was wir dem folgenden Text aus dem Evangelium von Matthäus entnehmen:

Jesus ging in den Tempel und trieb alle Händler und Käufer aus dem Tempel hinaus; er stiess die Bänke (daher der heutige Ausdruck Bank für ein Geldinstitut) der Geldwechsler und die Stände der Taubenhändler um und sagte: In der Schrift steht: Mein Haus soll ein Haus des Gebetes sein. Ihr aber macht daraus eine Räuberhöhle.
Im Tempel kamen Lahme und Blinde zu ihm und er heilte sie.

Als nun die Hohenpriester und die Schriftgelehrten die Wunder sahen, die er tat, und die Kinder im Tempel rufen hörten: Hosanna dem Sohn Davids!, da wurden sie ärgerlich.

Die Geldwechsler und Händler waren im Vorhof des Tempels aus einem ganz praktischen Grunde. Die Händler verkauften

Opfertiere (besonders Geflügel) und Opfergaben, die die Gläubigen brauchten für das Opferritual im Tempel. Da die Pilger meist von weiter kamen, sie aber die Händler nur in der Währung von Jerusalem bezahlen konnten, mussten sie ihr Geld umwechseln. An all dem verdienten damals die Priester durch Abgaben der Händler und Geldwechsler mit. Als den Hohepriestern die Vertreibung der Händler durch Jesus zu Ohren kam, waren sie natürlich sehr erbost. Darum waren sie für die Verurteilung von Jesus bei dessen Prozess. Wir lesen in den Evangelien, dass die Hohepriester bei den Prozess-Verhandlungen immer dabei waren, was darauf schliessen lässt, dass sie einen grossen Einfluss bei der Obrigkeit hatten. Dies ist durchaus erklärbar, denn wenn unter der Bevölkerung religiöser Friede herrscht und es dadurch zu weniger Übergriffen kommt, dann war dies der Verdienst der geistlichen Führer, was den römischen Besatzern natürlich bewusst war. Daher hatten die Hohepriester eine privilegierte Stellung. Wir sehen ja, was religiöser Fundamentalismus in der heutigen Zeit anrichten kann, besonders wenn die geistigen Führer die Fanatiker nicht unter Kontrolle haben.

Den Theologen und Bibelforschern ist nicht erklärbar, weshalb der sonst friedliche Wanderprediger im Tempel ausgerastet ist und die Händler vertrieben hat. Wollte er absichtlich die Hohepriester provozieren oder war es einfach ein Ausrutscher eines inzwischen doch ziemlich fanatischen Verfechters seiner religiösen Ansichten.

Wie dem auch sei, Jesus wurde verraten und verhaftet und auf Grund der Anschuldigung, das Volk aufgewiegelt und die Tempelregeln verletzt zu haben, zum Tod durch Kreuzigung verurteilt. Jesus ist laut den Evangelien zur neunten Stunde am Kreuz gestorben. Zwischen der sechsten und der neunten Stunde kam eine grosse Finsternis übers Land und der Vorhang im Tempel wurde entzweigerissen. Experten haben ausgerechnet, dass es möglich ist, dass zum Zeitpunkt von Jesu Kreuzigung eine Sonnenfinsternis dort stattgefunden hat, was die Verdunkelung erklären würde. Über die Grablegung von Jesus nach seinem Tod am Kreuz stimmen alle vier Evangelien praktisch einstimmig überein, was nicht bei allen Beschreibungen von Leben, Wirken und Sterben Jesu der Fall ist. Hier der Text aus dem Markus-Evangelium, der aber eine sensationelle zusätzliche Aussage enthält, die in den anderen Texten fehlt:

Das Begräbnis Jesu

Da es Rüsttag war, der Tag vor dem Sabbat, und es schon Abend wurde, ging Josef von Arimathäa, ein vornehmer Ratsherr, der auch auf das Reich Gottes wartete, zu Pilatus und wagte es, um den Leichnam Jesu zu bitten.

Pilatus war überrascht, als er hörte, dass Jesus schon tot sei. Er ließ den Hauptmann kommen und fragte ihn, ob Jesus bereits gestorben sei.

Als der Hauptmann ihm das bestätigte, überliess er Josef den Leichnam.

Josef kaufte ein Leinentuch, nahm Jesus vom Kreuz, wickelte ihn in das Tuch und legte ihn in ein Grab, das in einen Felsen gehauen war. Dann wälzte er einen Stein vor den Eingang des Grabes.

Maria aus Magdala aber und Maria, die Mutter des Jakobus, beobachteten, wohin der Leichnam gelegt wurde.

Wie sicher die meisten wissen, ist der Sabbat den Juden heilig und ein absoluter Ruhetag, an dem keinerlei Verrichtungen vorgenommen werden dürfen. Wenn Josef den Leichnam nicht vor dem Sabbat hätte beerdigen können, wäre dieser bis am Tag nach dem Sabbat am Kreuz hängen geblieben. Um dies zu vermeiden, ist er deshalb zu Pilatus gegangen, um die Erlaubnis zur Grablegung zu erhalten. Wie wir nur dem Text des Evangelisten Markus entnehmen, war Pilatus erstaunt, dass Jesus schon tot sein soll. Wie ich bereits erwähnt habe, trat der Tod am Kreuz meist erst nach sehr vielen Stunden, ja meist erst nach über 24 Stunden ein. Man muss nämlich wissen, dass am Kreuz auf Höhe des Gesässes meist ein kleiner Querbalken angebracht war, auf den der Gekreuzigte zeitweise „sitzen" konnte, bis er wieder abrutschte und das ganze Körpergewicht an den Armen hing. Dann versuchte er sich meist wieder auf den Mini-Querbalken hochzustemmen, damit die Arme entlastet waren. Dieser Prozess dauerte bis zur Erschöpfung und dem Kollaps am Kreuz. Da Jesus anscheinend nach wenigen Stunden am Kreuz schon verstorben ist, ist es durchaus möglich, dass er noch nicht effektiv tot war, sondern nur in ein tiefes Koma gefallen war und daher kein Lebenszeichen mehr von sich gab, also etwa kein Puls mehr gefühlt werden konnte. Dass Jesus in der nachmittäglichen Hitze und nach den Qualen der Folter schon bald tief bewusstlos wurde, erstaunt sicher nicht. In diesem Zustand wurde er in die kühle Gruft gelegt. Den Rest kann sich jeder leicht zusammenreimen. Im kühlen Grab erwachte Jesus aus dem Koma und stiess von Innen den Stein vor dem Grab weg. Der Stein soll sehr schwer gewesen sein, aber genaue Angaben fehlen, weshalb es sicher gut möglich war, auch von einem geschwächten Mann diesen etwas zu Seite zu schieben.

Die Christenheit feiert die Auferstehung Jesu von den Toten als das grösste Wunder, das es je gab. Und der christliche Glaube basiert im Wesentlichen auf der Idee der Auferstehung, durch die die Gläubigen den Tod dereinst überwinden werden, um in ein ewiges Leben einzugehen. Ein Bibelforscher hat einmal gesagt, dass wenn die Karriere vom Wanderprediger Jesus wirklich am Kreuz geendet hätte und er nicht auferstanden wäre, wäre die Botschaft dieses Mannes niemals zu einer Weltreligion geworden. Verstärkt wurde die Bedeutung der Auferstehung durch die eigene Prophezeiung laut dem Evangelium von Matthäus:

Als Jesus nach Jerusalem hinaufzog, nahm er unterwegs die zwölf Jünger beiseite und sagte zu ihnen:

Wir gehen jetzt nach Jerusalem hinauf; dort wird der Menschensohn den Hohenpriestern und Schriftgelehrten ausgeliefert; sie werden ihn zum Tod verurteilen und den Heiden übergeben, damit er verspottet, gegeisselt und gekreuzigt wird; aber **am dritten Tag wird er auferstehen.**

Nun versuche ich diesen Glauben an die Auferstehung durch meine Theorie vom Koma zu zerstören. Aber meine Theorie kann ich durch die nachfolgenden Ausführungen klar belegen.

Die Grabkammer war wohl leer, als die Frauen Maria Magdalena und Maria des Jakobus am Tag nach dem Sabbat dorthin kamen, um den Leichnam mit Ölen zu salben, wie es der Brauch war. Es war der übernächste Tag nach dem Tod von Jesus, also der dritte Tag, weshalb sich die Prophezeiung damit erfüllte. Dies beweist aber längst nicht, wann Jesus die Grabkammer wirklich verlassen hat, da am Sabbat, wegen des Ruhetages, niemand in die Nähe des Grabes gegangen ist. An diesem Tag war es also für Jesus ein Leichtes, unbemerkt die Grabkammer zu verlassen und irgendwo Kleider und Nahrung aufzutreiben, da die Menschen im Tempel zum Gebet weilten. In den Evangelien wird über das Erscheinen von Jesus bei seinen Jüngern nur wenig berichtet. Zwei Anhänger sprachen mit ihm, als sie unterwegs waren zu einem Nachbardorf, dann erschien er zweimal den Jüngern, die sich aus Angst eingeschlossen hatten, und zeigte ihnen seine Wunden an Händen und Füssen, damit sie glaubten, dass er der Gekreuzigte ist. Er beauftragte sie, die frohe Botschaft und seine Lehre in alle Himmelsrichtungen zu verbreiten. Dann nahm er Abschied von ihnen und entschwand in den Himmel, wo er von seinem Vater aufgenommen wurde und zu dessen rechter Seite Platz nahm. So enden die Evangelien ihre Berichterstattung über das Leben und Wirken von Jesus. Die Hohepriester gaben den Soldaten, die das Grab hätten bewachen sollen, Schmiergeld, damit sie aussagen sollen, dass die Jünger den Leichnam gestohlen hätten. So steht es in den Evangelien.

Nun zu meiner Theorie betreffend des Koma-Zustandes von Jesus bei der Grablegung. Wäre Jesus wirklich tot gewesen und hätte über 24 Stunden in der Grabkammer gelegen, bevor er wieder zum Leben erweckt wurde, so wäre dies wirklich ein überirdisches, göttliches Wunder, da kurze Zeit nach Eintritt des Todes die Todesstarre beginnt, die alle Organe unbrauchbar macht. Einen Körper, der starr ist, wieder zum Leben zu erwecken, ist medizinisch unmöglich. Komapatienten wurden lange Zeit als Scheintote gehalten und wie viele solche bei lebendigem Leibe früher begraben wurden, da der Tod nicht eindeutig festgestellt werden konnte, ist nicht bekannt. Jedoch makabere Vorfälle in Leichenhallen, wo plötzlich tot Geglaubte den Sargdeckel öffneten oder Klopfzeichen gaben, ist vielen Berichten zu entnehmen. Also wäre Jesus' Fall von einem Scheintod nichts Aussergewöhnliches.

Warum bin ich mir sicher, dass es sich im Falle Jesus nur um einen Scheintod handelt? Ich bin eigentlich erstaunt, dass alle Christen, von den einfachen Gläubigen über die Theologen und Priester bis zum Papst die Geschichte der Auferstehung Jesus als bare Münze nehmen. Ich kann mir das nur damit erklären, dass alle unbedingt an eine Wiedergeburt resp. ein ewiges Leben nach diesem irdischen Leben unbedingt glauben wollen und dafür hat uns Jesus den Weg mit seiner Auferstehung bereitet. Bei seinem Wiedererscheinen bei seinen Anhängern hat Jesus sich darauf beschränkt, ihnen zu beweisen, dass er lebt. Mir fehlt da etwas sehr Entscheidendes, denn wenn er wirklich tot war, so müsste doch seine Seele den Körper verlassen haben, wie es uns von Menschen berichtet wird, die eine Nahtod-Erfahrung gemacht haben. Jesus verschweigt uns, wohin die Seele nach dem Tod geht. Zu seinen Lebzeiten hat er wohl immer vom Reich seines Vaters im Himmel gesprochen, aber wo war er resp. seine Seele nach dem Tod am Kreuz? Meiner Auffassung nach hätte er doch nach seiner Rückkehr zu den Lebenden unbedingt davon berichten müssen, etwa mit den Worten: *Hallelujah, Hallelujah! Ich war bei meinem Vater im Himmel und habe seine Herrlichkeit geschaut. Sie ist grösser, schöner und erhabener, als alles was ihr euch vorstellen könnt!*

Jesus hat ja am Kreuz zu einem mit ihm gekreuzigten Verbrecher gesagt:

Lukas 23,43 Amen, ich sage dir: heute noch wirst du mit mir im Paradies sein.

Jesus wäre der erste Mensch gewesen, der uns nach seinem Tod und der Auferstehung von den Toten vom Himmelreich hätte berichten können, aber nichts dergleichen hat er getan, obwohl er ja anscheinend laut obigem Bibelzitat mit dem anderen Gekreuzigten im Paradies war. Er war einfach wieder unter den Lebenden – Punkt. Hätte er darüber berichtet, würden nicht Dutzende von Menschen versuchen, anhand von Nahtod-Erfahrungen zu beweisen, dass wir eine Seele haben, die übergeht in ein Jenseits.

So sind wir nach dem Tod und der angeblichen Auferstehung von Jesus über das **Danach** so klug wie zuvor. Also wieso das ganze Brimborium um den Wanderprediger Jesus, der als Staatsfeind am Kreuz endete und nach seiner angeblichen Auferstehung in den Himmel aufgenommen wurde.

Es ist wohl logisch, dass sich Jesus aus dem Staub machen musste, da er mit Bestimmtheit nach dem Bekanntwerden, dass er noch lebt, von den römischen Soldaten gesucht wurde, weil er ja rechtmässig verurteilt wurde und als Aufrührer galt. Dass sich Jesus als gesuchter Terrorist in ein anderes Land abgesetzt hat, ist wohl anzunehmen und dass er dies in Begleitung seiner Geliebten, Maria Magdalena, getan hat, kann auch nicht von der Hand gewiesen werden. Damit sind die Hypothesen von Dan Brown in seinem Roman „Das Sakrileg" resp. „Der Da Vinci Code" nicht so sehr aus der Luft gegriffen, wie immer wieder behauptet wird. Die Anhänger von Jesus haben natürlich sein Verschwinden damit begründet, dass er von seinem Vater ins Himmelreich aufgenommen wurde. Ob die Römer diese Story geglaubt haben, ist nicht bekannt, da alle Evangelien mit der Himmelfahrt Jesu enden und geschichtliche Aufzeichnungen gänzlich fehlen.

Nicht so gut wie sein Nachruf

Jesus wird in den Evangelien als Mann ohne Fehl und Tadel, also ohne Sünde und menschliche Schwächen dargestellt und zudem als ein Mann ohne Unterleib, da er anscheinend sexuell total enthaltsam gelebt hat. Dazu passt natürlich die These von Dan Brown nicht, dass Maria Magdalena seine Geliebte gewesen sei, mit der Jesus sogar Kinder hatte. Auch passt in dieses Bild selbstverständlich nicht, dass Jesus Anführer einer aufrührerischen, terroristischen Schar von Männern war.

Jesus hatte, wie wir im Markus-Evangelium (Kapitel 15, Vers 40+41) lesen können, nicht nur männliche Anhänger, die ihm gefolgt sind, sondern auch einige Frauen, allen voran seine „Geliebte" Maria Magdalena. Ob diese Frauen Jesus nur wegen seinen Predigten gefolgt sind, oder nicht etwa auch, um den Männern im Gefolge Gesellschaft zu leisten, müsste fast angenommen werden. Warum sollte es beim **Guru Jesus** anders zu und her gegangen sein wie bei gewissen Sekten-Gurus von heute. Darüber kann der geneigte Leser denken, wie er will. Auch was den terroristische Hintergrund von Jesus und seinen Anhängern anbelangt. In den Evangelien wird das Leben und Wirken von Jesus verherrlicht bis fast zum Unerträglichen und da die Evangelien erst fast 100 Jahre nach seiner „Himmelfahrt" niedergeschrieben wurden, kann man hier wohl das altbekannte Sprichwort anwenden: keiner ist so schlecht wie sein Ruf, aber auch nicht so gut wie sein Nachruf. Zudem ist erstaunlich, dass vom grössten Religionsstifter der letzten 2 000 Jahre trotz sicher vielen Recherchen ausser den Evangelien keine sonstigen Aufzeichnungen oder Inschriften gefunden wurden. Wenn die Römer ihn für wichtig gehalten hätten, wären wohl sicher Aufzeichnungen gemacht worden. Und da die Evangelien nach Überlieferungen aufgeschrieben wurden, können sie nicht als historische Zeugnisse gelten und der Wahrheitsgehalt ist daher, weil nicht überprüfbar, nicht gewährleistet. In jüngster Zeit haben viele Historiker und Bibelforscher versucht, Licht hinter den Menschen Jesus zu bringen und es sind viele Publikationen und sogar Fernsehsendungen dazu erschienen. Aber alle Erkenntnisse beruhen auf Spekulationen, da gesicherte Aufzeichnungen und Funde fehlen.

Islam

Im Gegensatz zum Leben Jesu gibt es vom Lebenslauf des zweitgrössten Religionsstifter, Mohammed, ziemlich gesicherte Daten und historische Aufzeichnungen. Im Islam werden den Gläubigen allerdings die wahren Lebensumstände von Mohammed absichtlich verschwiegen, denn diese würden den grossen Propheten in einem nicht immer ruhmreichen Licht erscheinen lassen. Auf offiziellen islamischen Internetseiten gibt es nur verherrlichende Angaben zur Biografie von Mohammed.

Der Koran beinhaltet im Gegensatz zur Bibel und den Evangelien nicht die Geschichten von Propheten und ihren Weissagungen sowie das Wirken und Predigen eines von Gott auserwählten Menschensohns, sondern ist eine lose Aufreihung von angeblich göttlichen Eingebungen an den Propheten Mohammed. Diese wurden dem Propheten vom Erzengel Gabriel übermittelt. Ausser dass Mohammed den Gott in seiner Religion Allah nennt, beruft er sich auf viele Gestalten der Bibel, wie den Urvater Abraham, Moses und sogar Jesus mit seiner Mutter Maria ist mehrmals im Koran erwähnt. Auch der Engel Gabriel spielt in der Bibel eine wichtige Rolle. Trotzdem nehmen die Moslems für sich in Anspruch, dass sie die letzte und endgültig richtige Religion haben. Sie bezeichnen besonders die westlichen Christen wegen des Lebensstils, der nicht den strengen religiösen Vorschriften des Korans entspricht, als Ungläubige und Frevler und nehmen sich daher das Recht heraus, sie zu bekämpfen. Verschiedene Stellen im Koran ermuntern die Moslems, auf die Ungläubigen und Frevler einzuschlagen und sie zu vernichten. Ein Gott kann doch niemals wollen, dass Gewalt angewendet wird und Menschen gezwungen werden, an ihn zu glauben. Wenn es diesen Gott gibt, so hat er sicher andere Möglichkeiten, die Menschen von seiner Allmacht zu überzeugen und braucht keine irdischen Handlanger. Im Koran erkennt man klar die Denkweise von Mohammed, der zuerst Karawanenführer und Kaufmann war und dann sogar Kriege führte, um seine religiösen Ansichten gegen andere Glaubensrichtungen durchzusetzen. Die Kaaba von Mekka (ein Heiligtum von dort lebenden Gläubigen) hat er auch in kriegerischen Auseinandersetzungen erobert und zum Heiligtum seiner neuen Religion erklärt. Der Islam war also von Beginn weg im Gegensatz zum Christentum eine kämpferische Religion, weshalb auch die heutigen Moslems sich berechtigt fühlen, ihre Anliegen und Ansprüche gewaltsam durchzusetzen. Das Christentum hat zwar im Mittelalter auch heilige Kriege (Kreuzzüge) geführt, aber diese waren nur legitimiert worden durch die Kirche, nicht aber durch irgendwelche Texte in der Bibel, da besonders im neuen Testament nirgends zum Kampf aufgerufen wird, sondern zu Demut vor Gott. Die ersten Christen griffen nie zum Schwert, sondern starben lieber als Märtyrer auf dem Scheiterhaufen oder in der Arena. Die kämpferische Ader ihres grossen Propheten unterschlagen die Moslems bewusst, da diese nicht zum Bild des Begründers einer Religion mit Allah, dem Allbarmherzigen, passt.

Wie dem auch sei, auch im Koran gibt es bei näherer Betrachtung viele Ungereimtheiten, die zweifeln lassen, dass die Anweisungen und Aussagen von einem allweisen Gott stammen, da dieser sich sicher nicht in Widersprüche verstricken würde.

Grösse der „göttlichen" Schöpfung

Aber warum braucht ein allmächtiger Gott ein menschliches Sprachrohr hier auf Erden? Ist er nicht fähig, seine unendliche Grösse selbst zu zeigen?

Ich behaupte JA, ständig und in jedem Augenblick des Lebens. Schauen wir doch nur die Grossartigkeit der Schöpfung an.

Abgesehen vom unendlichen Universum mit den Millionen, ja Milliarden von Sternen, können wir die Grossartigkeit auch in unserem Mikrokosmos erkennen. Schauen wir nur auf unseren Planeten, dann sollten uns die Augen aufgehen und wir sollten erkennen, wie Alles zum Besten eingerichtet ist, hier nur ein paar Beispiele dafür.

Unser Planet hat, ob Zufall oder nicht, genau den richtigen Abstand von der Sonne, damit Leben überhaupt möglich ist. Es ist weder zu warm noch zu kalt. Zudem sind alle Elemente vorhanden, die ein Leben ermöglichen, vor allem Wasser und eine Atmosphäre sowie verschiedene andere wichtige Stoffe. Dann sind die Landschaften unterschiedlich geformt, damit überhaupt klimatische Verhältnisse möglich sind.

Ohne Wasser gäbe es überhaupt kein Leben. Davon besitzt unser Planet zum Glück genug, auch wenn es uns manchmal Probleme bereitet. Im Wasser ist auf wundersame Weise die Urzelle entstanden, von der alle Tierarten und letztlich wir Menschen abstammen.

Auf dem Land wachsen Pflanzen, Gräser und Bäume aus der Erde, aus einer braunen dreckigen Masse. Ist es nicht erstaunlich, dass daraus wertvolle Pflanzen gedeihen, die vielen Tieren und auch uns Menschen als Nahrung dienen. Und abgestorbenes Material wird wieder zu fruchtbarer Erde und sogar die Exkremente von Tieren dienen als Dünger, sodass ein wunderbarer Kreislauf entsteht. Dies alles nehmen wir als selbstverständlich hin, ohne uns bewusst zu sein, wie wunderbar die Natur funktioniert. Auch alle Tiere und sogar lästige Insekten haben ihre Funktion im Ökosystem, das sicher ein Wunderwerk der Schöpfung ist, und dem wir grosse Sorge tragen sollten.

Wenn wir bedenken, was für komplexe Lebewesen aus der Urzelle entstanden sind, dann können wir nur staunen. Ob Fische, Vögel oder Landtiere, die meisten haben Sinnesorgane wie etwa Ohren, Augen, Nase für den Geruch und den Tast- und Geschmacksinn. Die Wahrnehmungen dieser Sinne werden mit Nerven zum Gehirn geleitet, das wohl eines der grössten

Wunderwerke ist. Auch der Aufbau eines Ohrs oder eines Auges lässt uns nur staunen.

Wenn Gott der Schöpfer von Himmel und Erde (des Universums) ist, so ist alles Sichtbare und auch Unsichtbare Gottes Werk. Demnach ist die Sonne, alle Planeten und besonders unsere Erde von Gott geschaffen und durchdrungen von seiner göttlichen Allmacht. Jeder Stein, jede Pflanze und jedes Lebewesen tragen demzufolge die „Handschrift" Gottes wie das Werk eines Künstlers. **Gott manifestiert sich sichtbar durch die Schöpfung.**

Der Schöpfergeist, der die wunderbare Natur mit allen Lebewesen geplant und geschaffen hat, ist grösser, als unsere Vorstellung zulässt. Um im Einklang mit der Natur und diesem Schöpfergeist zu leben, brauchen wir keine Religion, sondern nur mehr **Urvertrauen.** Was meine ich damit?

Wenn der Schöpfergeist alles so wunderbar gemacht hat, so wird alles seine Richtigkeit haben, auch unser Leben und der unvermeidliche Tod. Ob es ein Danach gibt oder nicht, diese Frage kann weder ich noch wird wohl je ein Mensch mit Sicherheit beantworten können. Aber wenn Sie mit mehr Urvertrauen an diese Frage herangehen, so garantiere ich Ihnen, dass eine grosse Ruhe einkehren wird, und zwar auf Grund der bereits erwähnten Überlegung, dass der Schöpfergeist mit Bestimmtheit alles zu unserem Besten vorgekehrt hat, also auch für das Danach, was immer es auch sein wird. Wenn Sie anfangen, in diesem Bewusstsein zu leben, so brauchen Sie keine Religion als Seelentröster, sondern können sich auf den eigentlichen Sinn des Lebens konzentrieren, und zwar auf den Zweck, für den der Schöpfergeist uns das Leben geschenkt und ermöglicht hat. **Der Sinn des Lebens besteht ganz einfach darin, zu leben. Zu leben nach bestem Wissen und Gewissen zum eigenen Wohle und demjenigen unserer Mitmenschen und im Einklang mit der Natur.**

Heilslehren

Die zwei grössten Weltreligionen, das Christentum und der Islam, sind sogenannte Verkündigungs-, aber auch Heilslehren. Eine Heilslehre verspricht den Gläubigen bei Befolgung der Gebote, der Gebete, der Riten, Fastenzeiten, Pilgerfahrten und anderen Vorschriften laut den Heiligen Schriften das Heil für ihre Seelen, die dadurch rein werden für den Eingang ins Ewige Leben. Streng gläubige Menschen widmen einen grossen Teil ihres Lebens den religiösen Verrichtungen und vergessen dabei, zu leben. Sie richten sich ganz auf das Leben nach dem Tod aus, dass ihnen in den heiligen Schriften beschrieben und versprochen wird. Nur basieren die Beschreibungen des Jenseits von sogenannten Propheten und Gesandten Gottes, die angeblich die Botschaften direkt von Gott oder einem göttlichen Wesen (Engel) empfangen haben. Aber wie ich bereits erwähnt habe, waren bei diesen göttlichen Eingebungen nie Zeugen dabei, weshalb die Beschreibungen eines Himmelreichs oder Paradieses eher menschlichem Wunschdenken entspringt. Das sieht man besonders in den Beschreibungen im Koran, die das Paradies als Gärten im Stile von wasserreichen Oasen oder Gebieten entlang von Flüssen beschreiben, wo dank des Wassers genügend Pflanzen und Bäume mit vielen Früchten wachsen. Also immer reichhaltig Nahrung vorhanden ist, vergleichbar unserem Begriff vom Schlaraffenland, wo einem die gebratenen Tauben direkt in den Mund fliegen. Hier ein paar Verse aus verschiedenen Suren des Korans, die dies aufzeigen sollen:

Sura 9, Vers 73
Verheissen hat Gott den Gläubigen Gärten, darunterhin Ströme fliessen, in denen sie ewig verweilen, und herrliche Wohnungen in den Gärten Edens, und mehr noch das Wohlgefallen Gottes. Das ist die höchste Glückseligkeit.
Sura 32, Vers 19+20
Was die betrifft, die gläubig waren und gute Werke geübt, ihnen sind Gärten zum Aufenthalt, eine Gaststätte für das, was sie gewirkt. Und was die betrifft, die gottlos waren, ihr Aufenthalt ist das Fegefeuer.

Wer die Gegenden in den arabischen Ländern kennt, weiss, dass im Land, wo kein oder wenig Wasser vorhanden ist, das Leben mühsam ist, da kaum etwas wächst, also die Nahrung für Mensch und Tier knapp ist. Die Beschreibung einer üppigen, immergrünen Landschaft muss für Menschen dort paradiesisch anmuten und daher als ein erstrebenswerter Ort sein für ein Jenseits. Wenn den Kämpfern für den Glauben im Jenseits zudem als Belohnung Jungfrauen versprochen werden, so wundert es nicht, wenn sich so viele Männer vor den Karren des heiligen Krieges (Dschihad) spannen lassen. Seit der Niederschrift des Korans sind viele Jahrhunderte vergangen und es erstaunt im 21. Jahrhundert sehr, dass heute noch Millionen von Menschen an ein Paradies wie im Koran beschrieben glauben.

Auch Jesus hat den Gläubigen das Himmelreich seines Vaters versprochen. Er hat oft davon gesprochen, nur nicht nach seiner Auferstehung, wie bereits in diesem Buch erwähnt. Eine genaue Umschreibung des Himmelreichs, wie etwa im Koran das Jenseits beschrieben wird, fehlt in den Evangelien. Einzig dass er, Jesus, einst zu Rechten seines Vaters sitzen wird und dieser über die Menschen richten und die Sünder ins Fegefeuer oder gar in die Hölle werfen werde und nur die Gerechten ins Himmelreich Eingang finden werden.

Was hat dem christlichen Glauben damals (vor 2 000 Jahren) zum Durchbruch verholfen?

Wie schon erwähnt, basiert das Christentum auf dem Glauben an den Erlöser und die Auferstehung von den Toten und damit verbunden auf ein ewiges Leben beim Gottvater im Himmel.

Besonders bei den unterprivilegierten, armen und unterdrückten Menschen fand damals dieser Glaube sofort Verbreitung. Die Erklärung ist einfach. Diese Menschen lebten in sehr misslichen Umständen, ja vegetierten dahin, geplagt von Hunger und Krankheiten. Die Aussicht, dass es ihnen besser gehen werde nach dem Tod, war für diese Menschen ein Hoffnungsschimmer unglaublichen Ausmasses. Es war eine absolut neue Ideologie, wie sie bisher von den alten Religionen nicht bekannt war, da damals nur die oberen Schichten dank ihres Geldes Zugang zu Sterberitualen und Balsamierungen hatten.

Durch die Aussagen von Jesus über das Himmelreich machte er dieses für alle zugänglich, ganz speziell sogar für die Unterprivilegierten. Die bekanntesten Zitate dazu sind: die Letzten werden die Ersten sein. Oder: eher wird ein Kamel durch ein Nadelöhr gehen, als dass ein Reicher ins Himmelreich eingehen wird. (Anmerkung: das Nadelöhr war damals ein sehr enger Durchlass in der Stadtmauer neben dem Haupttor. Durch diese konnte sich knapp ein Mensch durchzwängen, wenn zur Nachtzeit das Tor geschlossen war). Die Verheissung auf ein besseres Leben nach dem Tod war natürlich Musik in den Ohren der im Elend lebenden Menschen. Obwohl die ersten Christen verfolgt wurden und meist auf dem Scheiterhaufen landeten, starben sie lieber, als ihren Glauben zu verleugnen. Sie gingen mit Freude in den Tod, im Bewusstsein, dass sie in ein besseres Leben eingehen werden. Aus diesem Grunde zeigte die Verfolgung keine Wirkung, ja im Gegenteil, diese Religion breitete sich schnell über ganz Europa aus. Kluge Herrscher merkten bald, dass es nichts nützte, die Religion zu bekämpfen. Sie machten sie im Gegenteil zur Staatsreligion und unterdrückten die Menschen weiterhin. Diese erduldeten ihr Schicksal ohne Murren, da sie ja wussten, dass es ihnen im Jenseits besser gehen werde.

Die Religionen führen sich selbst ad absurdum

Die NZZ (Neue Zürcher Zeitung) hat vor einiger Zeit eine Artikel-Serie publiziert unter dem Thema: Was ist eine gute Religion? Verschiedene Theologen, Religionswissenschafter und Publizisten haben zu diesem Thema Stellung bezogen und ihre Ansichten kundgetan. Die Beiträge sind sehr aufschlussreich und würden zur Entscheidungsfindung für die „richtige" Religion eigentlich helfen, wären wir frei und nicht in gewissen Traditionen verhaftet.

Das eigentliche Problem ist nicht, welches eine gute Religion ist, sondern welche Religion ist gut für mein Seelenheil und führt mich schlussendlich ins verheissene Paradies im Jenseits oder wenigstens zu einer Wiedergeburt in einem späteren Leben. Es gibt, wie bereits in einem vorherigen Kapitel beschrieben, so viele verschiedene Religionen und spirituelle Angebote, dass es schwierig ist, das Richtige für sein persönliches Seelenheil zu finden. War der Glaube der Urvölker an Götter und die Kraft der Ahnen so ganz falsch? Oder lagen vielleicht doch die Religionen der Hochkulturen des Altertums (Ägypter, Griechen, Römer) doch nicht so sehr neben der letzten Wahrheit? Wieso sind wir so sicher, dass die monotheistischen Religionen der Neuzeit (Judentum, Christentum, Islam) nun die ultimativ richtigen Religionen sind? Sind vielleicht die mehr philosophischen Lehren des Buddhismus oder Hinduismus nicht doch noch besser, oder was ist mit all den neuen esoterischen Angeboten?

Da ich diese Betrachtungen in einem christlich-westlichen Land schreibe, so lege ich diesen nun auch die von Jesus begründete Religion als Ausgangspunkt zu Grunde. Das heisst, ich gehe davon aus, dass die christliche Lehre die für alle Menschen eigentlich einzig wahre Religion wäre. Aber damit befinde ich mich bereits in einem Gewissenskonflikt. Wenn dies die einzige Religion ist, die den Menschen und deren Seelen den Eintritt ins Himmelreich ermöglicht, was geschieht dann mit all den anderen Menschen und deren Seelen, die demnach die falsche Religion gewählt haben. Sind diese Seelen für alle Ewigkeit verloren und vor allem auch die Seelen all der Vorfahren aus vorchristlicher Zeit, die noch an Götter geglaubt haben.

Ein Ausweg aus dem Dilemma gäbe es natürlich, wenn es für jede Religion ein separates Jenseits geben würde mit den dazu passenden Gottheiten. Das wäre eine praktische Lösung für alle. Dann müssten sich die verschiedenen Religionen nicht mehr darüber streiten, welche die Richtige ist, denn die Seelen würden laut den Aussagen in ihren Lehren den Weg ins Jenseits oder in ein neues Leben finden. Wäre doch eine sinnvolle Lösung oder etwa nicht?

Nur es braucht schon sehr viel Naivität, um zu glauben, dass es sich so verhalten wird. Entweder es gibt die Existenz unserer Seele nach unserem irdischen Tod oder eben nicht. Und falls es diese Form von ewigem Sein gibt, so müsste sie doch logischerweise für alle Menschen gleich sein. Um zu dieser Erkenntnis zu gelangen, brauche ich keine Religion und schon gar keine Heilslehre, die mich ein Leben lang abhängig macht von ihrem Dogma.

Religion macht unfrei und hemmt den Fortschritt

In den bekannten Heilslehren müssen die Gläubigen demnach neben den Regeln, Richtlinien und Gesetzen des Staates, in dem sie leben, zudem noch die durch die Religion bestimmten Gebote befolgen, damit sie dereinst für ihre Seele ewiges Leben erlangen. Sie werden in ihren persönlichen Freiheiten und Entfaltungsmöglichkeiten durch die religiösen Vorschriften nochmals stark eingeschränkt. Teils sind es Gebote, die direkt aus den sogenannt Heiligen Schriften abgeleitet werden, oder es sind Vorschriften, die die Kirchenoberen erlassen haben. Die Auswirkungen solcher Eingriffe in die persönlichen Freiheiten der Gläubigen sehen wir ja klar und deutlich in den Erlassen des „unfehlbaren" Papstes. In diesem Zusammenhang seien nur das Verbot von Verhütungsmitteln (Kondome können die Übertragung von Aids verhindern) und das Zölibat bei geweihten Priestern, die dadurch in die Homosexualität oder Pädophilie getrieben werden, erwähnt. Das ausschweifende Leben gewisser Päpste, Kardinäle und Bischöfe besonders im Mittelalter ist nicht gerade ein gutes Zeugnis für die Seriosität der Kirche und ihrer Religion. Auch Auswüchse wie der Ablasshandel (wenn das Geld im Kasten klingt, die Seele aus dem Fegefeuer springt!), den Martin Luther zum Anlass seiner Kritik an der katholischen Kirche und dem Papst nahm, zeigen, wie die Religion für weltliche Bedürfnisse der Kirchenoberen missbraucht wurde. Also auch hier wieder die Frage: warum massregelte der allmächtige Vater im Himmel seine Stellvertreter auf Erden nicht? Aber wie soll ein lieber Gott einschreiten, wenn er lediglich unserem Wunschdenken entspringt und daher ein Phantom ist.

Im Islam sind gewisse Vorschriften noch viel restriktiver, da sie direkt aus dem Koran abgeleitet werden. Nachdem Adam und Eva und ihre Nachkommen im Garten Eden noch nackt waren und keine Scham voreinander empfunden haben, wird von den Frauen im Islam nun verlangt, dass sie mindestens ein Kopftuch tragen oder dass sie sich in gewissen Regionen sogar total verhüllen müssen. Zuwiderhandlungen sind strafbar, obwohl im Koran nur steht, dass Frauen ihren Oberkörper schamhaft bedecken sollen, von der Verhüllung des Kopfes steht nirgends etwas. Es handelt sich hier wie auch im Katholizismus um Auswüchse und Massnahmen von selbsternannten geistlichen Obrigkeiten, die damit ihre Macht über die Gläubigen manifestieren wollen.

Im Koran werden die alltäglichen Pflichten und Gebote der Gläubigen im Detail abgehandelt und auch die religiösen Verpflichtungen werden in den Suren in fast endlosen Ausführungen spezifiziert. Da darin die gleichen Probleme in unterschiedlichen Variationen abgehandelt werden, sind Widersprüche fast unvermeidbar, weil die Texte oft viele Interpretationen zulassen. Solch komplizierte Botschaften können sicher nicht von einem allweisen Gott stammen, der uns seine Gebote, wenn schon, für Jedermann und -frau klar verständlich übermitteln würde.

Gerade die Zehn Gebote in der Bibel sind da wenigstens schon eindeutiger und für alle verständlich. Aber auch in der Bibel gibt es wie erwähnt viele Ungereimtheiten. Viele Gebote in der Bibel wie im Koran, die das tägliche Leben betreffen, haben meist einen praktischen Ursprung und sind aus Vernunftgründen sicher nicht einer göttlichen Anordnung zu zuschreiben. Hier einige Beispiele:

Kopftuch und Burka: die Nomaden in den arabischen Ländern schützen sich noch heute vor Wind und Sonne und besonders den Sandstürmen durch entsprechende Kleidung. Bis auf einen Schlitz für die Augen ist der ganze Körper durch ein fast nahtloses Kleid bedeckt, damit kein Sand eindringen kann. Dass diese nützliche Kleidung für die Wüstenregionen nun für die Frauen aus Gründen der Scham auf der ganzen Welt für obligatorisch erklärt wurde, ist eine rein patriarchale Verordnung, die nichts mit der Religion zu tun hat. Wie bereits erwähnt, steht im Koran nur, dass Frauen ihren Oberkörper schamhaft bedecken sollen, vom Verhüllen des Kopfes steht nirgends etwas.

Das Schächten: religiös begründetes Schlachtritual der Juden und auch Muslime. Beim Schächten werden die Tiere so getötet, dass alles Blut sofort aus dem Körper abfliessen kann, da es den Juden und Muslimen verboten ist, Fleisch zu essen, dass noch Blut enthält. Den Tieren wird mit einem gekonnten Schnitt der Hals mit den Hauptschlagadern durchtrennt, sodann werden sie sofort an den Hinterläufen aufgehängt, damit das Blut abfliesst. Nach biblischer Vorstellung ist das Blut der Sitz der Seele und darf daher grundsätzlich nicht verzehrt werden.

Das sogenannte Schächten hat meiner Meinung nach einen ganz praktischen Ursprung. Dass in beiden Religionen, dem Judentum und dem Islam, diese Vorschrift gilt, geht sicher auf den gleichen Grund zurück. Beide Religionen haben ihren Ursprung im heissen Mittleren Osten, wo damals Fleisch von getöteten Tieren sehr rasch vergammelte, d. h. es setzte bei der Hitze rasch die Verwesung ein. Um es ohne Kühlung haltbar zu machen, hat man dem Fleisch so viel wie möglich Flüssigkeit entzogen und es meist noch eingesalzen. Um es für sehr lange Zeit (etwa für mehrtägige Karawanen durch die Wüste) haltbar zu machen, wurde damals das Fleisch getrocknet. Das heutige Trockenfleisch unter der Bezeichnung Bündnerfleisch ist also keine neuzeitliche Erfindung, sondern eine praktische Art, Fleisch für lange Zeit haltbar zu machen.

Die Beschneidung von Knaben bei Juden und Muslimen.
Dieses Aufnahmeritual in die Glaubensgemeinschaft hat auch hier einen ganz praktischen Ursprung. Schon die alten Ägypter haben bei den Knaben die Vorhaut des Penis beschnitten, und zwar aus hygienischen Gründen. Unter der Vorhaut können sich Keime entwickeln, die beim Geschlechtsakt in die Scheide der Frau gelangen und bei ihr schwere Infektionen auslösen können. Da die alten Ägypter schon damals punkto medizinisches Wissen und Hygiene weit fortgeschritten waren, haben sie versucht, mit diesem Eingriff beim Mann das Infektionsrisiko zu eliminieren. Nach dem Auszug der Israeliten aus Ägypten unter Moses haben sie diese hygienische Massnahme mitgenommen in ihre neue Heimat. Sie war auch besonders sinnvoll, da in den Wüstenregionen, die sie durchquerten, tägliches Waschen meist nicht möglich war. Also auch hier wieder eine sinnvolle Prozedur, die nichts mit einem religiösen Ritual ursprünglich zu tun hatte. Eine Beschneidung bei minderjährigen Männern sollte in der heutigen Zeit verboten werden, denn sie bedeutet einen Eingriff in die Unversehrtheit eines Kindes und müsste laut den geltenden Menschenrechten geahndet werden. Die Beschneidung von Mädchen hat seit je her ganz und gar nichts zu tun mit religiösen Ritualen, sondern beruht auf reinem Aberglauben und der Unterdrückung der Frauen. Frauen soll damit die Lustempfindung beim Geschlechtsakt verunmöglicht werden. Dies ist so verwerflich, dass für diese Art der Verstümmelung weltweit die Höchststrafe gelten sollte.

So gibt es noch weitere religiöse Vorschriften, die einen ganz praktischen Ursprung haben, Auf alle einzugehen, würde hier zu weit führen. Daher habe ich nur die oben erwähnten Beispiele angeführt, die auch über die Religionsgrenzen hinweg bekannt sind.

Viele Menschen glauben, durch die Befolgung der religiösen Vorschriften und Gebote ihrem Gott wohlgefällig zu sein und dadurch einen Platz im Jenseits zu erwerben. Sie merken anscheinend nicht, dass sie damit persönliche Freiheiten aufgeben und ihre kreative Entwicklung hemmen.

Wenn wir die Geschichte der Menschheit anschauen, können wir feststellen, dass überall dort, wo Menschen in einem freiheitlich denkenden Umfeld lebten, grossartige Werke, Erfindungen, Bauten, Techniken und Wissenschaften entstanden sind. Da die Götter des Altertums die Menschen nicht einschränkten, sondern eher durch ihre Vorbildfunktion in ihrer Entfaltung förderten, konnten auch grossartige kulturelle Werke entstehen. Es gab ja sogar Göttinnen der Künste, des Handwerks und ja sogar der Liebe, wie es heute Heilige für gewisse Berufsgattungen gibt. Auch heutzutage kann man klar feststellen, dass entscheidende Fortschritte, Entwicklungen und Kunst nur in säkularen Gesellschaften möglich sind.

Das beste Beispiel, wie religiöse Vorschriften auch heutzutage die Entwicklung hemmt, ist in den Ländern festzustellen, wo der Islam die Hauptreligion ist. Ein Teil der Bevölkerung dieser Länder könnte ohne ausländische Hilfe kaum überleben, da sie praktisch keine Industrie haben und die meisten Dinge des täglichen Lebens importieren müssen. Zum Glück hat ein Teil dieser Länder Bodenschätze und vor allem Erdöl, das den Einwohnern ein unbeschwertes Leben ohne Eigenleistung ermöglicht. Wenn man bedenkt, dass im Mittleren Osten im sogenannten Zweistromland angeblich die Wiege der Menschheit war mit grossen Bauten und Städten wie Babylon, so ist man heute erstaunt, dass von all diesem grossartigen Schaffen nichts mehr weitervererbt wurde. Wenn eine Naturkatastrophe diese Menschen dort in die Steinzeit zurückversetzt hätte, so könnte man den Rückschritt in der Entwicklung begreifen, aber nichts dergleichen ist aus dieser Region bekannt. Viele Islamwissenschaftler sind sich darin einig, dass in diesen Ländern vor allem die Religion der grosse Hemmschuh für die Entwicklung ist und nicht der Müssiggang. Natürlich ist es in diesen heissen Regionen mühsam, streng körperlich zu arbeiten, aber wenn man die Leistungen der Menschen im Altertum sieht, kann es nicht an der Hitze liegen, sondern eher an der Einstellung der Leute. Als Aussenstehender hat man das Gefühl, dass besonders die muslimischen Männer lieber praktisch den ganzen Tag im Teehaus sitzen, als einer geregelten Arbeit nachzugehen. Unterbrochen wird dieser Tagesrhythmus nur durch die Gebete und die Essenszeiten. In den Schulen werden zudem hauptsächlich die Vorschriften des Korans gelehrt und keine umfassende Allgemeinbildung wie in westlichen Schulen. Damit bleiben die Menschen in islamischen Gesellschaften gefangen im Denken, das geprägt ist durch die Grundsätze des Korans. Und weil im Koran eindeutige Aufforderungen zur Bekämpfung der Ungläubigen und Frevler stehen, ist es nicht verwunderlich, dass Fundamentalisten Terroranschläge gegen westliche Einrichtungen und sogar Menschen verüben. Nur ist nicht begreiflich, warum diese Terroristen die Technologien (allen voran Computer und Internet) der Ungläubigen verwenden, ja sogar von diesen produzierte Waffen erwerben. Aber wie erwähnt, ist ihre Industrie durch die Rückständigkeit nicht in der Lage, moderne Technologien zu produzieren. Natürlich werden mir einige Leute entgegnen, dass vor allem in den rein muslimischen Ländern wie Saudi-Arabien und den Emiraten modernste Infrastrukturen bestehen und sie die höchsten Gebäude der Welt errichtet haben. Wenn man aber genauer hinsieht, so sind all diese Errungenschaften durch ausländische Ingenieure und Architekten und zudem durch ausländische Arbeitskräfte erstellt und ermöglicht worden.

Aber nicht nur der Islam lähmt die Schaffenskraft und den Willen zum Fortschritt der Menschen, es gab solche Perioden auch im Christentum. Im Mittelalter stagnierte der Fortschritt auch in Europa, ja es gingen sogar Errungenschaften der Antike wieder verloren. Das Mittelalter war geprägt durch eine strenge Indoktrinierung durch die Kirche. Lehrmeinungen, die den christlichen Anschauungen entgegenliefen, wurden sofort sanktioniert und zensiert durch Inquisitoren, wie dies heute auch noch in gewissen islamischen Ländern geschieht. Also auch in Europa wurde der Fortschritt praktisch über viele Jahrhunderte, eigentlich ein ganzes Jahrtausend, durch die Kirche und die religiösen Vorschriften unterbunden. Dann um 1500 n. Chr. gab es einen Aufbruch und die Werte, Philosophien und Errungenschaften der Antike (Altertum) wurden wieder entdeckt. Diese Epoche wird daher Renaissance genannt. In dieser Zeit wurden nicht nur neue Welten entdeckt, wie z. B. Amerika, sondern die Menschen befreiten sich sukzessive auch von den Zwängen der Kirche. Die alten, durch die Religion bestimmten Weltanschauungen wurden durch die Entdeckungen und die wissenschaftlichen Erkenntnisse auf den Kopf gestellt und bereiteten der Aufklärung den Weg.

Dies zeigt, dass auch die christlich geprägte Welt viel Zeit brauchte, um sich von den kirchlichen Fesseln zu lösen. Wie können wir dann erwarten, dass die vom Islam geprägten Menschen, ihre Ansichten von heute auf morgen ändern und säkulare Strukturen und demokratische Staatsformen akzeptieren, schon gar nicht, wenn von westlichen Regierungen dazu sogar mit Krieg Druck gemacht wird.

Fazit: religiöse Vorschriften engen die Menschen ein und machen sie unfrei für Fortschritt und kreative Ideen.

Die Anmassung des Menschen gegenüber Gott

Wenn man die „heiligen" Schriften der verschiedenen Religionen und Glaubensgemeinschaften studiert, so stellt man fest, dass Gott von den Menschen sehr gefordert wird. Die Menschen verlangen von Gott die vielfältigsten Dinge, wie

- Schutz
- Barmherzigkeit
- Liebe
- Vergebung (für Sünden, Schuld, etc.)
- Errettung, Hilfe in Notsituationen
- Bereitstellung des Paradieses (als Belohnung im Jenseits)

Wir übergeben also die Verantwortung für unser Leben dem „lieben Gott".

Warum sind wir nicht bereit, die Verantwortung für unser Leben selbst zu übernehmen? Was hindert uns daran?

Die Religionen sagen uns zuerst, dass der Mensch schwach ist und daher einen starken Gott braucht, der ihm hilft, das Leben zu meistern. Anstatt das Selbstvertrauen der Menschen zu stärken, machen die Religionen dem Menschen bewusst, wie schwach, klein und hilflos er ist und dass er nur durch die Befolgung der religiösen Riten, Gebote und Gebete durch die Schwierigkeiten des Lebens findet.

Wenn man die Religionen studiert, so stellt man fest, dass diese den Menschen zuerst abhängig macht, also ihm bewusst macht, dass er es ohne die Religion nicht schaffen wird, ein lebenswertes Leben zu bestreiten. Am Ende des Lebens wird der (gut-) gläubige Mensch für alle Mühsal dann mit dem Paradies belohnt.

Natürlich muss man die Religionen aus der Situation der Mehrzahl der damaligen Menschen verstehen, die nur Unterdrückung und ein karges Leben kannten. Diese Menschen waren für die Verheissung auf ein besseres Leben, etwa vergleichbar mit dem der Fürsten und Könige, natürlich sehr empfänglich. Der Nachteil war, dass dieses bessere Leben aber erst nach dem Tod stattfinden wird, aber besser dann als nie. Laut den Verheissungen soll dieses „Leben" nach dem Tod ewig sein und in dieser Hinsicht ist unser irdisches Leben in Mühsal ein kurzes Intermezzo und mit der Aussicht auf das Paradies erträglich.

Das Dumme an der Geschichte ist nur, dass noch kein Mensch einen authentischen Bericht von diesem paradiesischen Jenseits geliefert hat, nicht mal der Sohn Gottes, wie in einem vorherigen Kapitel beschrieben. Kann mir also jemand sagen, wieso ich mich auf die Spekulation einlassen soll, dass ich bei guter Führung einst ins verheissene Paradies gelangen werde?

Ich bin ewiges Sein und vertraue auf die Vorsehung des Schöpfergeistes, und wenn ich in diesem Bewusstsein lebe, so kann mich nichts aus dem Gleichgewicht bringen. Mit ewigem Sein meine ich nicht eine unsterbliche Seele, sondern die Einbindung in den endlosen Kreislauf von Werden und Vergehen.

Gottes Sohn hat seinen Stellvertretern auf Erden die Macht gegeben, im Namen Gottes Sünden zu vergeben, Personen und Sachen für heilig zu erklären, Brot und Wasser zu verwandeln, etc., mit den Worten: was ihr auf Erden binden werdet, wird auch in den Himmeln gebunden sein und was ihr auf Erden lösen werdet, wird auch in den Himmeln gelöst sein! (Matthäus 16, Vers 19). Nur war dieser Jesus Christus wirklich der Sohn Gottes oder lediglich ein Mystiker oder Wanderprediger? Warum hat Gott nicht schon viel früher einen Menschen auserwählt, der den Leuten den wahren Glauben bringt und warum hat ER bis vor 2 000 Jahren das Feld den vielen Göttern des Altertums überlassen?

Auch ich will an dieser Stelle ein Gleichnis anführen:
„Es war einmal ein König, der hatte ein grosses Reich. Sein Sohn wuchs zu einem stattlichen Jüngling heran. Als er erwachsen

war, trat er zu seinem Vater, dem König, und äusserte den Wunsch, dass er die Welt bereisen möchte, um diese kennen zu lernen und Erfahrungen zu sammeln. Der Vater hatte dafür Verständnis und liess ihn ziehen.

Unterwegs traf der Prinz viele Leute von verschiedener Herkunft und auch einige nette junge Männer, die sich ihm anschlossen, da sie auch die Welt bereisen wollten. Der Prinz war darob sehr erfreut, da er jetzt Gesellschaft hatte und nicht mehr alleine reisen musste. So bildete sich um den Prinzen bald eine 12-köpfige Reisegesellschaft.

Als sie rund um die Welt waren, kamen sie wieder ins Reich des Königs. Der Prinz zeigte sich gegenüber seinen Reisebegleitern grosszügig, denn er bot ihnen an, sich im Land seines Vaters niederzulassen und gab jedem von ihnen ein Stück Land. Zudem erhob er sie in den Adelstand und gab ihnen weitgehende Befugnisse in Bezug auf Mitbestimmung. Was immer die zwölf Männer in einer Sitzung bestimmen werden, sei auch für den König verbindlich. Auch hätten sie das Recht, Leute auszuwählen, die der König in den Adelstand erheben soll (heiligsprechen soll).

Als der König, der bis anhin die Alleinherrschaft über sein Land hatte, davon hörte, war er sehr erbost über die Anmassung seines eigenen Sohnes, ihn zu bevormunden, denn er hatte ihm vor der Abreise in dieser Hinsicht keinerlei Befugnisse mitgegeben."

Jesus Christus hat wohl immer wieder gesagt, er handle und spreche im Auftrag seines Vaters, aber in der Bibel und in den Evangelien gibt es nirgends einen Hinweis, dass Gott Jesus auch noch Machtbefugnisse gegeben hat. Auch wenn anscheinend auf dem Berg Jesus verklärt wurde und aus der Wolke heraus eine Stimme ertönte, die da sagte: dies ist mein geliebter Sohn, an dem ich wohlgefallen gefunden habe, höret auf ihn! (Matthäus 17,5). Natürlich könnte das als eine Art Machtübertragung interpretiert werden, jedoch ist die Aussage streng genommen nur die, dass die Leute auf ihn hören sollten, denn dieser Mensch verkündet gute Botschaften.

Wir müssen uns bewusst werden, was mit der Anmassung der zum Teil selbsternannten Stellvertreter Christi auf Erden diese dem allmächtigen, ewigen Gott zumuten. ER muss Beschlüsse von Menschen akzeptieren und die vom Papst ausgewählten Heiligen in den Himmel aufnehmen, ob diese IHM genehm sind oder nicht. Auch muss er einem Sünder vergeben auf Grund der Erteilung der Absolution eines Priesters. Also ich weiss nicht, ob der „liebe Gott" sich das so einfach gefallen lässt. Um es überspitzt zu formulieren, wir haben Gott zum Diener und Hampelmann unserer menschlichen Bedürfnisse gemacht, resp. ER muss nach unserer Geige tanzen und nicht umgekehrt. Er muss unsere Wünsche erfüllen und uns in allen Lebenslagen behilflich sein, also kurzum, ER muss uns immer und allzeit zu Diensten sein. Aber sollten wir nicht im Gegenteil IHM für das Leben und für unsere Fähigkeiten danken. ER gibt jedem von uns alles mit, um ein würdiges Leben zu gestalten, nur wir sehen dies in unserer Verblendung leider meist nicht und glauben, nur durch eine Heilslehre die Vollkommenheit zu erlangen und Gott näher zu kommen.

Bei allen Diskussionen und Betrachtungen die Religionen betreffend gibt es sicher an den verschiedenen Institutionen Kritik, aber ich habe noch kaum eine wirkliche Hinterfragung der Fakten gehört. Es scheint ein Tabu zu sein, da jeder Mensch Anrecht auf eine Religion hat oder sich auch für ein Leben ohne Gott entscheiden kann. Die Berechtigung einer Religion wird demnach nicht hinterfragt, auch nicht, ob sie einen positiven oder negativen Einfluss auf die Menschen hat, da dies eines jeden persönliche Angelegenheit ist. Der Philosoph und Religionskritiker Karl Marx hat Religion als *Opium für das Volk* bezeichnet. Er hat also die religiöse Verblendung einem Drogenrausch gleichgesetzt, was ein guter Vergleich ist, da wir im Zustand des Rausches die Realität auch nicht mehr objektiv wahrnehmen. Ebenso unkritisch sind wir gegenüber Aussagen in den sogenannt „Heiligen Schriften", da diese von Gott selbst initiiert wurden. Nach dem

Motto: Was von Gott ausgeht, darf nicht angezweifelt werden, da ER allmächtig und unfehlbar ist.

Die Anmassung des Menschen gegenüber der höheren Instanz Gott, insbesondere der von Jesus ermächtigten Stellvertreter auf Erden, ist geradezu grotesk. In diesem Zusammenhang möchte ich nochmals das Verbot von Verhütungsmitteln durch den Vatikan und die daraus resultierenden Konsequenzen erwähnen. Die Menschenverachtung, die dahintersteckt, ist zynisch angesichts der Tatsachen. Durch Kondome könnte nicht nur die Übertragung von Aids verhindert werden, sondern auch die Bevölkerungsexplosion in gewissen Regionen. Es scheint dem Papst wichtiger zu sein, dass nicht ein paar Spermien das WC hinuntergespült werden, als dass Menschen an HIV elendiglich sterben müssen und oft viele Waisen hinterlassen. Und die Kinder von HIV-positiven Frauen sind meist auch infiziert. Zudem scheint es für den Papst humaner, wenn täglich Tausende Kinder an Hunger sterben, weil die Eltern nicht in der Lage sind, für alle Nahrung zu beschaffen. Ein Kondom wäre eine praktische und billige Lösung, um dies zu verhindern. Aber weil die religiösen Menschen auf das Oberhaupt ihrer Kirche mehr hören als auf Ärzte und Entwicklungshelfer, wird weiter tapfer gestorben. Wenn der Erlass nicht vom Papst, sondern einer anderen Institution ausgehen würde, würde ein Aufschrei der Empörung durch alle Menschenrechtsorganisationen rund um den Globus gehen.

Nun soll, nach dem Willen der Gläubigen, der verstorbene Papst Johannes Paul II., der diesen menschenverachtenden Erlass immer wieder gegen alle Argumente verteidigt hat, auch noch heiliggesprochen werden. Sicher war dieser Papst im Gegensatz zu schlechten Beispielen aus dem Mittelalter dem äusseren Schein nach ein frommer Mann und hatte bestimmt viele gute Seiten, aber wie jeder Mensch auch Schattenseiten, denn es gibt den perfekten Menschen leider nicht. Diese Schattenseite äusserte sich in seiner sturen Haltung gegenüber der Frage der Verhütung und Abtreibung sowie auch des Zölibats. Ich weiss nicht, ob der liebe Gott so begeistert sein wird, wenn ihm dieser als

Heiliger präsentiert wird sowie die vielen anderen vor ihm, denen Gott laut eines Beschlusses des Papstes eine Sonderstellung im Himmel einräumen muss.

Ist es nicht anmassend, dass sich der Mensch über die höhere Instanz Gott stellt und diesem vorschreibt, was seine Richtigkeit haben soll?

Ich weiss, dass gläubige Menschen diese Argumente gar nicht hören wollen, da es einfach einen Gott geben muss, weil der Mensch anscheinend einfach eine höhere Instanz braucht, um sein Seelenheil zu finden, auch dann, wenn diese Instanz eine Illusion ist. Genauso wie es ein Leben nach dem Tod einfach geben muss, muss es auch Gott geben. Eine andere Option ist für einen religiösen Menschen undenkbar und daher verdrängt er lieber alles andere, als dass er sich damit auseinandersetzen würde.

Ist Gott korrupt?

Dass die Menschen früher die Götter durch Opfergaben zu beschwichtigen versuchten, ist aus damaliger Sicht verständlich, da sie für viele Phänomene und Naturereignisse keine Erklärung hatten. Allein schon Blitz und Donner ängstigten die Menschen, als sie noch in Höhlen hausten. Sie glaubten, dass die Götter ihnen zürnten, ganz besonders, wenn dann noch Ereignisse eintraten wie Erdbeben oder Vulkanausbrüche. Sie versuchten damals, die Götter durch Opfergaben und Rituale barmherzig zu stimmen, was oft auch gelang, da Blitz und Donner aufhörten oder eine längere Trockenperiode ein Ende hatte. Auch wenn durch Krankheiten viele Menschen hinweggerafft wurden, erflehten sie Gnade von den Göttern, damit diese das Unheil von ihnen nehmen.

In der heutigen aufgeklärten Welt und mit den wissenschaftlichen Erkenntnissen können wir die natürlichen Phänomene der Natur einordnen und wissen, dass diese nicht von Göttern initiiert werden. Dass es aber jetzt immer noch viele religiöse Menschen gibt, die glauben, durch gewisse Rituale und Verrichtungen ihren Gott gnädig zu stimmen, ist doch eher befremdlich. Auch durch Äusserlichkeiten wie Kleidung (z.B. Burka oder Kippa bei Juden) und der Einhaltung von gewissen Regeln wie etwa dem Fasten, koschere Lebensmittel oder die Pilgerfahrt glauben die Menschen, ihrem Gott gefällig zu sein und dass er ihren Seelen dadurch gnädig gesinnt ist. In ihrer religiösen Verblendung glauben diese Menschen, dass ihr Gott sich durch solche äusserlichen Gesten bestechen lasse und er über das sonstige Fehlverhalten hinwegsehen würde. Wenn es wirklich einen allmächtigen Gott gibt, dann sieht er in unsere Herzen und Seelen hinein und weiss von jedem Menschen, wie tugendhaft er sich in Wirklichkeit verhält oder eben nicht. Dass daher in der heutigen Zeit immer noch Menschen glauben, mit Ritualen oder sogar Opfergaben in Form von Spenden Gott gnädig zu stimmen, zeigt, dass die Menschen noch immer glauben, dass Gott ebenso bestechlich sei wie viele Menschen. Dies würde bedeuten, dass Gott korrupt ist wie gewisse Politiker, Machthaber und Manager u.a.

Kollektiver Mystizismus
(laut Duden: Wunderglaube, Glaubensschwärmerei)

Jesu Christus und auch die Muttergottes Maria sind mitten unter uns!

Jesus hat einmal gesagt: wenn sich ein paar Menschen in meinem Namen versammeln, so bin ich mitten unter ihnen.

Mit all meinen Ausführungen habe ich berechtigte Zweifel an der Gottheit von Jesus Christus geäussert und nun behaupte ich, dass er mitten unter uns ist. Was für ein totaler Widerspruch. Wie der Titel schon besagt, ist dies einem kollektiven Mystizismus zuzuschreiben. Es gibt laut Statistik fast 2 Mrd. Menschen, die sich zum Christentum bekennen, d. h. die ihrem Glauben die Evangelien zu Grunde legen, auch wenn sie sich in verschiedene Kirchen aufgeteilt haben. Wenn also eine Vielzahl von Menschen fest an diesen Jesus Christus und an seine Auferstehung glauben, so gibt es diesem Mysterium so viel Energie, dass es für die Gläubigen real wird. Sie verspüren wirklich die Nähe von Christus, ganz besonders in einer Kirche. Auch dass Maria, die Mutter Gottes, an verschiedenen Orten, wie etwa Lourdes, Menschen erschienen ist, ist nicht von der Hand zu weisen, weil auch wir diese Gestalt als Mysterium verehren und daher in unser Leben integriert haben.

Alle Menschen, die behaupten, sie hätten in schwierigen Situationen den Beistand von Jesus oder der Muttergottes erfleht und dadurch die Kraft erhalten, die Situation zu meistern, glaube ich das durchaus, aber nur nach dem Motto: der Glaube versetzt Berge. Durch den starken Glauben an eine höhere Macht haben sie auch Hilfe erfahren.

Hier passende Zitate dazu:
Der Mensch hat zwei Beine und zwei Überzeugungen:
eine wenn's ihm gut geht, und eine, wenn's ihm
schlecht geht. Die letztere heisst Religion.
Kurt Tucholsky

Die US-Komikerin Roseanne Barr hat in ihrer Weihnachtsbotschaft das Unheil, das durch die Religionen verursacht wurde, treffend wie folgt formuliert:

Happy Birthday Jesus
„Ich hoffe, dein Geschenk von uns Menschen gefällt dir: Krieg, Hass, von Christen geschürte Inquisition, heilige Kriege in Israel und im Islam und Materialismus!» Obendrauf sind wir auch noch dabei, den von deinem Vater geschaffenen Planeten zu zerstören und zudem haben wir die schuftende Arbeiterschicht mittellos gemacht. «Wir können das aber nur dann sehen, wenn wir einen Moment innehalten und der Wirklichkeit in unseren Gedanken Platz machen." **Klare Worte**!

Eine Religion ist ein Virus, welche den menschlichen Geist befällt. Wie ein biologisches Virus **ohne** Wirtszelle nicht überleben kann, kann auch eine Religion ohne „Wirtsgeist" nicht überleben. Je infektiöser ein Virus ist, umso schneller und weiter verbreitet es sich, dies hat die jüngste Corona Pandemie bewiesen. Missioniererei ist die Art und Weise, wie sich Religionsviren ausbreiten.

Auch Religionen entstehen spontan, analog zu biologischen Viren: indem irgendeiner mit Missionstalent eine Erleuchtung hat (eigentlich bloss ein Kurzschluss im Gehirn) und diese dann weitergibt.

Im Zusammenspiel mit dem Grundcharakter des Wirts kann ein Religionsvirus Missioniererei als Verhaltenseigenschaft hervorrufen – zumindest bei geeigneter Disposition des Wirtes.

Religionsviren, welche diese Verhaltensänderung in keinem seiner Wirte hervorruft, fehlt quasi die Infektiosität, sie sterben wieder aus. Gerade in der heutigen Zeit, wo sich jeder seine eigene Religion nach Gutdünken zusammenstellen kann (insbesondere in der Esoterikszene) entstehen wohl viele neue Varianten von Religionsviren. Davon können sich aber die wenigsten weiterverbreiten, weil dem Erstwirt (der, in dem das Virus entstanden ist) oder dem Virus selbst der Missionsanspruch fehlt bzw. dieser durch das Virus nicht hervorgerufen werden kann.

Gerade die grossen Weltreligionen aber wären keine grossen Weltreligionen, würde das zugrundeliegende Virus nicht in vielen seiner Wirte Missioniererei verursachen und fördern.

Einige Betrachtungen zu den Religionen

- Frohe Botschaft (Evangelien)
- Christus verbreitete seine Botschaften durch Argumente
- Mohammed verbreitete seine Religion mit Drohungen vor Strafe und Vernichtung der Ungläubigen, Frevler und Götzendiener.

- Patriarchat
- Was ist Sünde?
- Kann eine Lehre von Gott sein, die zum Kampf auffordert? Unwort des Jahres 2001: „Gotteskrieger"
- Kann eine Lehre von Gott sein, die Gebote aufstellt, die negativ anstatt positiv, d. h. lebensbejahend sind?
- Was stimmt für mich?
- Brauche ich eine Religion oder kann ich leben im spirituellen Bewusst-Sein
- Soll ich beten?
- Kann ein gemeinsamer Gottesdienst mein spirituelles Bewusstsein stärken?
- Dankbarkeit – ein wichtiger Punkt
- Die Kunst des Segnens
- der Ausgleich – die Gerechtigkeit
- Nehmen und Geben

Ein Mensch, der betet, ändert die Welt nicht,
aber der Betende ändert sich und somit
ändert sich für ihn die Welt.

**Begegne allen Menschen mit dem Respekt
und dem Anstand, den du erwartest,
dass man dir entgegenbringt.**

Wie lebe ich Spiritualität?
- Verantwortung für sein Leben übernehmen
- Seine Aufgabe erkennen
- Leben als Aufgabe
- Sein Leben auf das Hier und Jetzt ausrichten
- Nicht nach Sinn des Lebens suchen, sondern ihm einen geben
- Die anderen Menschen achten und respektieren.
- Frieden im eigenen Umfeld und der Familie stiften.

- Wenn möglich sich mit Gleichgesinnten treffen und über Probleme und Erfahrungen sich austauschen
- Sich bewusst machen, dass ich ins ewige Sein des Universums eingebunden bin
- Sich der geistigen Gesetze (der universellen Prinzipien) bewusst werden
- Vertrauen, dass alles für mich richtig ist, so wie es ist und sein wird (der Schöpfer des Universums hat sicher das Richtige bereit für mich hier und nach dem Tode)

Gibt es wirklich einen **Gott**? Den lieben Gott in den Religionen gibt es **nicht,** und zwar, weil **der einzig wahre Gott** sich anders manifestieren würde, als es in den „heiligen Schriften" Bibel und Koran, etc. beschrieben ist.

- ER würde es nicht zulassen, dass es unterschiedliche Religionen und Glaubensgemeinschaften gäbe, die sich zudem noch gegenseitig bekriegen
- ER würde klare Zeichen setzen, damit alle Menschen seine wahre Grösse sehen würden.
- Er hätte dies auch schon lange getan, denn nicht erst vor 2 000 Jahren waren die Menschen reif für eine „neue Botschaft". Die alten Kulturen waren bildungs- und verstandesmässig auch schon auf der Höhe unserer Zivilisation.

Die entscheidende Frage:
Kann ich leben ohne den Glauben an Gott?

Die einfache Antwort lautet:
Glauben hilft nicht, ich muss **vertrauen auf die universellen Prinzipien**

Aber der Glaube hat mir bis jetzt viel gegeben und über manche schwierige Situation im Leben geholfen. Wenn ich bete und Christus als Mittler anrufe, geht es mir sofort besser, daher müssen die Verkündigungen in der Bibel stimmen.

Müssen die Verkündigungen in der Bibel und im Koran wirklich stimmen?

Ja sicher, wenn wir die Verantwortung für unser Leben einem „lieben Gott" übergeben, da wir anscheinend nicht in der Lage sind, diese selbst zu übernehmen. Christus hilft uns, weil wir IHM die Verantwortung übergeben und somit fühlen wir uns sofort besser, da uns die Angelegenheit momentan nicht mehr belastet. Das Gebet und andere Formen der Zwiesprache mit Gott hilft uns sicher genauso wie ein gutes Gespräch mit einem Freund, Seelsorger oder Psychiater nach dem Motto: geteiltes Leid ist leichter zu ertragen.

Das Erflehen von Gottes Hilfe und das damit verbundene Gefühl, in unserer Not nicht mehr allein zu sein, gibt uns Kraft, ja sogar übernatürliche Kraft, um die Situation zu meistern. Ich werde nie versuchen, Ihnen zu sagen, dass Gott in diesem Moment nicht bei Ihnen war, jedoch nur nach dem Motto: Hilf dir selbst, so hilft dir Gott! Abgesehen von den Schutzengeln, von denen wir noch nicht gesprochen haben. Da meiner Auffassung nach alles von der Schöpfer-Energie durchdrungen ist, so können wir diese Energie auch jederzeit und überall „anzapfen".

Warum lässt Gott Elend, Ungerechtigkeit, Armut und Leid zu??? Das ist wohl die entscheidende (Gretchen-) Frage, die sich jeder gläubige Mensch stellt. Wir Menschen können Gott nicht für unser Schicksal verantwortlich machen, und zwar aus den folgenden Gründen:

- Gott hat uns laut der Bibel als wohl einzige Geschöpfe auf dieser Erde (vielleicht nicht einzig im Universum) geschaffen mit einem freien Willen gepaart mit Intelligenz. Mit diesem freien Willen können wir im Gegensatz zu den Tieren, die dem Instinkt und den Trieben folgen, uns im mündigen und reifen Alter entscheiden für unser Leben. Auf das Umfeld, in das wir hinein geboren werden, haben wir keinen Einfluss. Jedoch haben wir im reifen Alter durchaus die Möglichkeit, uns für ein eigenständiges Leben zu entscheiden. Im Prinzip hat jeder Mensch das Recht, von den Mitmenschen respektiert zu werden und menschenwürdig zu leben. Dafür muss er aber seine Möglichkeiten nutzen, denn jeder einigermassen gesunde Mensch hat gewisse Fähigkeiten, die ihm ermöglichen, im Leben voranzukommen.

- Die Menschen sollten endlich von klein auf lernen, dass jeder sein eigener Steuermann resp. Steuerfrau ist, also dass wir die Möglichkeit haben, unser Leben nach unseren eigenen Vorstellungen zu gestalten. Auch wenn wir scheinbar von Geburt her nicht die gleichen Chancen haben, können wir uns im fortgeschrittenen Alter nicht darauf berufen, da jeder Mann und jede Frau irgendwann im Leben die Möglichkeit hat, die eigenen Fähigkeiten zu seinen Gunsten einzusetzen, um voranzukommen. Wenn die Menschen, die in eine sozial schwache Gesellschaft hinein geboren werden, einfach dort verharren und ein „erbärmliches" Leben führen, können sie dann nicht die Umwelt, die Politik und schlussendlich Gott für ihr „Schicksal" verantwortlich machen.

- Wenn also die Menschen nicht anfangen, die eigenen Fähigkeiten und die Möglichkeiten ihrer Umwelt zu nutzen, so werden sie immer unglücklich bleiben und ständig wehklagen, dass immer nur denen gegeben wird, die schon genug haben und für die Armen nichts übrigbleibt. Und wenn diese Menschen dann noch sagen, wir können gegen die Regierung oder die Missstände im Lande sowieso nichts unternehmen, so ergeben sie sich kampflos den misslichen Umständen. Sich selber aufzugeben ist hundert Mal schlimmer als Selbstmord (für den es einigen Mut braucht) zu begehen. Hier ein dazu passendes Zitat von C. F. Ramuz: „Es gibt Menschen, die das Leben erleiden und es gibt Menschen, die es nach eigenem Willen gestalten. Es erfolgt immer das, was wir selbst verursacht haben."

- Bei allem sollten wir mehr **Urvertrauen** haben, denn es ist sicher in letzter Konsequenz alles zu unserem Besten geplant. Für dieses Urvertrauen brauchen wir keine Heilslehren (Religionen), denn diese machen uns Versprechungen, die anscheinend von Gott kommen. Wenn diese Versprechungen in den meisten Religionen praktisch identisch wären, dann müsste man annehmen, dass eine göttliche Verheissung dahintersteht. Da nicht nur die Versprechungen verschieden sind, sondern auch die Gebote, die uns Gott anscheinend näherbringen, so schliesse ich daraus, dass diese Heilslehren von Menschen in die Welt gesetzt wurden, da sie auf menschlichem Wunschdenken beruhen. Den einzigen Wunsch, den ich mir vorstellen kann, dass Gott an uns Menschen haben könnte, ist, dass wir alles, wie eingangs erwähnt, als Werk Gottes ehren und uns gegenseitig als göttliche Wesen respektieren und bereit sind, für unser Leben selbst die Verantwortung zu übernehmen. Gottvertrauen ist nicht gleich Gottergebenheit und heisst nicht, dass wir einfach sagen, wir können ja eh nichts ändern, da Gott unser Schicksal bestimmt.

- Auch für das letzte Geheimnis, nämlich was mit unserer Seele (falls wir eine haben) nach dem Tod geschieht, sollten wir einfach nur auf den Schöpfergeist, der sicher alles richtig und gerecht geschaffen hat, vertrauen. Ob unsere Seele in ein Jenseits eingehen oder wiedergeboren wird oder was auch immer mit ihr geschieht, wir müssen einfach akzeptieren, dass es sicher seine Richtigkeit hat. Es gibt viel zu viele Menschen, die sich den Kopf darüber zerbrechen, was danach sein wird und versuchen, mit Untersuchungen bei Patienten, die dem Tod nahe waren, und durch Rückführungen Beweise für Theorien für das „Leben danach" zu liefern. Ich bin überzeugt, dass wir mit allen Mitteln und allen Weissagungen nicht hinter dieses letzte Geheimnis kommen werden und uns daher nur übrigbleibt, unser Leben und unsere Vergänglichkeit als Zyklus anzuerkennen, der sicher seine „göttliche" Richtigkeit hat.

Was sollen die Menschen demzufolge also glauben?

Die Menschen sollen nicht glauben, sondern in das **universelle Prinzip vertrauen.** Dazu brauchen wir keine Religionsgemeinschaften oder andere Institutionen und schon gar nicht ernannte Priester, die angeblich von Gott berufen sind, die Menschen zu Gott zu führen und Sünden zu vergeben. Was die Vergebung unserer Sünden anbelangt, so kann uns nur derjenige vergeben, dem wir durch unser Handeln ein Leid zugefügt haben. Ein Priester oder heutzutage ein Psychiater kann nicht stellvertretend die Vergebung der Schuld übernehmen, sondern uns höchstens bewusst machen, auf welchem Weg wir die Vergebung erlangen können resp. wie wir die Schuld sühnen können.

Wie kann ich in einem Sünder (schlechten Menschen) oder sogar einem Verbrecher ein göttliches Wesen sehen. Durch einen solchen Menschen kann sich Gott nicht manifestieren!

Aber hat nicht jeder Mensch auch diese dunkle Seite in sich?

Warum verherrlichen wir Gewalt, Mord, Arglist, sexuelle Übergriffe und vieles mehr in Büchern und Filmen (Western, Kriegsfilme, Krimis, Agentenfilme, Pornofilme, etc.), Theaterstücken (Dramen) und in Computerspielen.

Mit Hilfe dieser Mittel können wir unsere „schwarze" Fantasie und Aggressionen ausleben und müssen die Taten nicht selbst begehen, sondern können diese gedanklich verarbeiten. Das besagt aber nicht, dass wir deswegen besser sind als diejenigen, welche die Taten effektiv begehen.

Die Menschen, die zur verbrecherischen Tat schreiten, sind nur ein Spiegel von uns. Es ist z.B. immer wieder erstaunlich, wie brave und ehrbare Menschen (vor allem Männer) im Krieg zu Monster werden und nicht nur die feindlichen Soldaten bekämpfen, sondern auch Gewalt an der Zivilbevölkerung verüben und zu Folter und anderen Demütigungen wie Vergewaltigungen fähig sind.

Wir müssen akzeptieren, dass wir in uns Gut und Böse gleichermassen vereinen. Eine Welt mit nur guten Menschen wäre abgesehen davon wohl sehr langweilig und uninteressant.

Alle Menschen, die behaupten, in einer Glaubensgemeinschaft Trost, Kraft und Lebensmut zu finden, werden dies zu einem grossen Teil auch wirklich erfahren, jedoch nur, wenn sie fest an die verheissenen Ziele glauben. Diese Menschen richten ihr ganzes Leben auf die Heilslehre aus und demnach wird ihr Leben bestimmt durch die Doktrin, die diesen Religionen zugrunde liegt. Alle Handlungen, in guten wie in schlechten Zeiten, werden durch die Glaubenslehre bestimmt. Die sich daraus ergebenden Situationen werden in gottergebener Manier hingenommen und entweder als Strafe oder Sühne empfunden. Auch Glücksgefühle, die aus dem Glauben und der inbrünstigen Anrufung von Gott entstehen und die wir direkt diesem Umstand zuschreiben, sind durchaus möglich, da wir uns auf diese Weise in eine Art religiöse Trance oder Ekstase bringen. Die Zugehörigkeit zu einer Gemeinschaft von Gleichgesinnten gibt uns eine gewisse Art von Geborgenheit.

Was aber tun wir, wenn die „Schicksalsschläge" über unser Verständnis hinausgehen, wie etwa die Terroranschläge vom 11. September 2001 oder eine tödliche Flutwelle (Tsunami mit hunderttausenden von Toten), Erdbeben oder andere Ereignisse? Können wir diese Ereignisse immer noch in unser religiöses Verständnis integrieren? Oder fühlen wir uns gerade dann von Gott verlassen? Wie kann ein liebender Gott zulassen, dass Tausende von unschuldigen Menschen ins Elend gestürzt werden?

Da es diesen „lieben Gott" nicht gibt, gibt es auch keinen Verantwortlichen für Naturkatastrophen und die von Menschenhand verursachten Ereignisse entspringen den Schattenseiten unserer Seele, dem Fanatismus sowie politischen und wirtschaftlichen Interessen resp. Ungerechtigkeiten. Wir müssen einfach akzeptieren, dass unsere Erde, wie alle Systeme im Universum, kein stabiler Planet ist und daher immer wieder Erdbeben und andere Naturereignisse stattfinden können. Wir begreifen nicht, warum der liebe Gott seine gläubigen Menschen nicht vor solchen Katastrophen und Schicksalsschlägen schützt. Zudem trifft es meist wirklich unschuldige und gute Menschen, was für die Überlebenden nicht oder kaum verständlich ist und sie in tiefe Verzweiflung stürzt. Sie fühlen sich von Gott gänzlich verlassen und können nicht verstehen, dass ein sogenannt gerechter Gott dies zulassen kann. Aber ich sage Ihnen, es gibt weder einen guten, gerechten, barmherzigen oder lieben Gott, denn das projizieren wir Menschen als Attribute in diese Allmacht, denn wir hätten IHN gerne so. Diese übergeordnete Instanz aber ist neutral, SIE ist nur der Ursprung von allem SEIN. Wir müssen uns nur dieses Umstandes bewusst werden und darauf vertrauen, dass alles seine Richtigkeit hat, auch wenn dies von unserer Sicht aus oft unverständlich ist. Alles hat seinen Ursprung im unendlichen Universum (mit oder ohne göttliches Zutun) und wir müssen nur lernen, dies zu akzeptieren.

Ob es Zufall ist oder wir es einer übergeordneten Allmacht zu verdanken haben, dass auf unserem Planeten Leben entstanden ist, werden wir wohl nie schlüssig klären können. Wenn wir dies einfach nüchtern akzeptieren würden, dann hätte kein religiöser Fanatismus Platz und die Menschen der unterschiedlichsten Rassen und politischen Ansichten würden im gegenseitigen Respekt auf diesem Planeten leben können.

Da aber der Mensch seit Urzeiten nicht in Frieden miteinander leben kann, so wird es leider den Garten Eden auf Erden nie geben und demzufolge wird der Mensch weiterhin vom Wunschziel des Paradieses im Jenseits träumen.

Ob der Zufall oder Gott uns das Leben hier auf diesem Planeten gegeben hat, so oder so sind wir verpflichtet, aus diesem irdischen Leben etwas Sinnvolles zu machen und unsere Fähigkeiten zum Guten zu nutzen.

Wenn wir am Ende des Lebens rückblickend sagen können, dass es uns gelungen ist, mehrheitlich unser Leben sinnvoll zu gestalten, so haben wir sicher das vom „Schöpfergeist" gewollte Ziel erreicht.

Betrachtungen verfasst von Ronald Wild, Zollikon ZH, Schweiz

PS. Wenn ich im letzten Kapitel von Gottvertrauen, ja sogar von einem Schöpfergeist (Gott) spreche, so meine ich damit keineswegs den personalen Gott der Religionen, sondern eine Urkraft, die vermutlich unser Universum geschaffen hat und die wir *nicht* für unser Schicksal verantwortlich machen können, sondern die den Lauf des Universums lenkt und bestimmt. Dem Werden und Vergehen hier auf Erden und im Universum können wir uns mit all unserem menschlichen Willen und Glauben nicht entgegenstemmen. Es bleibt uns nur die dadurch geschaffenen Naturgesetze zu akzeptieren.

Hier noch die Aussagen und Betrachtungen von Ludwig Feuerbach (1804–1872):

Die These, die auch Schleiermacher gelegentlich aufstellt, dass der angeblich nach Gottes Ebenbild geschaffene Mensch vielmehr umgekehrt das Göttliche nach seinem eignen Ebenbild schaffe, wird zum Ausgangspunkt der Naturgeschichte des Christentums. Nach Feuerbach entfremdet sich der Mensch von sich selbst und schafft ein ideales Geschöpf, nämlich Gott. Dabei erkennt der Mensch jedoch nicht, dass er in Gott letztlich sein eigenes Wesen betrachtet und bewundert.

In Gott ist das Wesen des Menschen vereinigt. Nicht das des einzelnen Menschen, sondern das der Gesamtheit der *Gattung* Mensch. Dem einzelnen Menschen sind Grenzen gesetzt, nicht aber der Menschheit: *Einzeln ist die menschliche Kraft eine beschränkte, vereinigt eine unendliche Kraft.* Erst durch die Unterscheidung des Menschen in *Individuum* und *Gattung* kommt es zur Vereinzelung, da der Mensch im Christentum sich auf sich selbst konzentriert und sich somit vom *Zusammenhang des Weltganzen* löst. Das Ganze aber, die Gattung, ist unbeschränkt und trägt das Göttliche in sich. Dies gerät dem Menschen jedoch aus dem Blick. Die vereinigte unendliche Kraft sieht der Mensch stattdessen in einem selbst geschaffenen, künstlichen Wesen: in Gott oder in personifizierter Form in Christus.

Feuerbach erklärt die theistische Religion als Traum des Menschengeistes, Gott, Himmel, Seligkeit seien durch die Macht der Fantasie realisierte Herzenswünsche. Was der Mensch Gott nenne, sei das Wesen des Menschen selbst: *Homo Homini Deus est!* „Der Mensch ist dem Menschen (ein/der) Gott." Siehe Projektionstheorie

Karl Marx (1818–1883)

Die Aufgabe der Philosophie sieht Marx in ihrer Aufhebung, das heisst in ihrer praktischen Verwirklichung: „*Die Philosophen haben die Welt nur verschieden* interpretiert, *es kömmt drauf an, sie zu* verändern." Marx kritisiert zugleich alle Formen einer idealistischen Philosophie und insbesondere der Religion, die nach Marx nur dazu dient, die Existenz des Menschen durch Träumereien und Trost im Jenseits erträglich zu machen und so das faktische Elend zu verlängern und zu legitimieren. In einem berühmten Ausspruch bezeichnet Marx die Religion deshalb als „Opium des Volks". Marx zählt damit zusammen mit Ludwig Feuerbach, Friedrich Nietzsche und Sigmund Freud zu den bedeutendsten Religionskritikern der Neuzeit. Religion ist für ihn, wie bereits für Feuerbach, dessen Religionskritik Marx übernimmt und weiterführt, ein ideologisches Hirngespinst der von sich selbst entfremdeten Menschen: „*Der Mensch macht die Religion, die Religion macht nicht den Menschen.*" Die Überwindung dieses Hirngespinstes bedarf jedoch nicht nur der theoretischen Kritik, sondern der materiellen Veränderung jenes Lebens, das die Religion als „Stossseufzer der bedrängten Kreatur" erst nötig macht: „*Die Forderung, die Illusionen über seinen Zustand aufzugeben, ist die Forderung, einen Zustand aufzugeben, der der Illusionen bedarf.*"

Das grösste Hindernis auf dem Weg zur Verständigung der Menschheit dieser Welt ist die Unterteilung in „wir, die Rechtgläubigen" und „sie, die Anders- oder Ungläubigen". Und gerade diese Xenophobie posaunen insbesondere die Weltreligionen durch ihre Heilsversprechungen, wie auch durch ihre Androhungen von Höllenstrafen, der Menschheit entgegen. So flackern Kriege, Konflikte und Verbrechen immer wieder auf und brennen lichterloh, wen wunderts?

novum VERLAG FÜR NEUAUTOREN

Bewerten
Sie dieses Buch
auf unserer
Homepage!

w w w . n o v u m v e r l a g . c o m

EIN HERZ FÜR AUTOREN A HEART FOR AUTHORS À L'ÉCOUTE DES AUTEURS MIA KAPΔIA ΓIA ΣΥΓΓΡ
EN HERZ FÜR FÖRFATTARE UN CORAZON POR LOS AUTORES YAZARLARIMIZA GÖNÜL VERELIM SZÍV
... PER AUTORI ET HJERTE FOR FORFATTERE EEN HART VOOR SCHRIJVERS TEMOS OS AUTO
... INHERT SERCE DLA AUTORÓW EIN HERZ FÜR AUTOREN A HEART FOR AUTHORS À L'ÉCOUT
... AO BCEЙ ДУШОЙ К АВТОРАМ ETT HJÄRTA FÖR FÖRFATTARE À LA ESCUCHA DE LOS AUTOR
... MIA KAPΔIA ΓIA ΣΥΓΓΡΑΦΕΙΣ UN CUORE PER AUTORI ET HJERTE FOR FORFATTERE EEN H
... ERZOINKÉRT SERCE DLA AUTORÓW EIN HERZ FÜR
... CORACAO BCEЙ ДУШОЙ К АВТОРАМ ETT HJÄRTA FÖR

Der Autor

Ronald Wild wurde 1944 in Zürich geboren.
Nach der Handelsschule absolvierte er die
Hotelfachschule in Lausanne. Nach der Handelsmatura
war er in leitenden Positionen in Hotels (4 und 5
Sterne) sowie als selbständiger Geschäftsmann in einer
Importfirma tätig.
Er ist in einer katholischen Familie aufgewachsen,
war als Ministrant tätig und wollte ursprünglich sogar
Priester werden. Lediglich der Zölibat hielt ihn davon
ab; ein solches Gelübde hätte er sich auf Dauer nicht
vorstellen können.
Der rüstige Rentner liebt das Lesen und Spaziergänge
mit seinem Hund.
Nach diversen Zeitungsartikeln ist „Gott – eine Illusion?"
seine erste Buchveröffentlichung.

novum VERLAG FÜR NEUAUTOREN

Der Verlag

*Wer aufhört
besser zu werden,
hat aufgehört
gut zu sein!*

Basierend auf diesem Motto ist es dem novum Verlag
ein Anliegen, neue Manuskripte aufzuspüren, zu ver-
öffentlichen und deren Autoren langfristig zu fördern.
Mittlerweile gilt der 1997 gegründete und mehrfach
prämierte Verlag als Spezialist für Neuautoren in
Deutschland, Österreich und der Schweiz.

**Für jedes neue Manuskript wird innerhalb
weniger Wochen eine kostenfreie, unverbind-
liche Lektorats-Prüfung erstellt.**

Weitere Informationen zum Verlag und
seinen Büchern finden Sie im Internet unter:

www.novumverlag.com